天使の復活

久慈澄江
Kuji Sumie

文芸社

大切な人を失う悲しみにある
すべての人に

山手線の秋葉原駅よりやや北に向かった後、東の方に十五分くらい歩いていったところに、「浅草カトリック教会」という教会がある。

近くには、蔵前橋通り、清洲橋通りという大きな道路が通っていて、問屋街のせいか、普段は車の往来も結構激しくにぎやかだが、日曜日は、店もオフィスも閉まっていて、駅の周辺を除いては、歩く人の姿も少ない。秋葉原の駅からコンクリート色の建物の間を通っていくと、ひと際高く聳えるCSタワービルの陰に、ちょっとした森といった一角があって、門の脇の大きな桜の木陰をくぐると奥に、サンルーム風の大きい窓と、夜にはステンドグラスが道行く人たちの目を惹く小さな教会がある。

夫の博一《ひろかず》は、十年程前から「脊髄小脳変性症」という病気のため車椅子だった。私が仕事に出かけている間は、一歩も外へ出ることもなく、ノエルとジョジョという二匹の猫と一緒に家の中で私の帰りを待って時を過ごす生活だった。私たちは鎌倉市の大船に住んでいたが、浅草教会は夫が洗礼を授けていただいた教会でもあり、自分を神様に導いてくださった神父さんがにこにこと迎えてくださるので、夫は毎週日曜日に、教会へ行くのを何よりの楽しみにしていた。

二〇〇一年二月の教会報に、私はこんなことを書いていた。

——関東では珍しく大雪の降った翌日である日曜日の朝は、やっぱり太陽がまぶしかった。とはいっても道路は凍った雪が積もっていることだし、駅までタクシーで行くことにしよう。

「ちょっとお待ちいただきたいんですが……十分ではちょっと無理かと……」

「そうですか……」

タクシー会社に電話をかけたが、かなりの待ち時間が必要だということだ。歩いて行こうと覚悟を決めて出たが、住宅地の中の狭い道は凍りついて、雪はまるでごろごろとした岩のようだった。車椅子をいくら押したってなかなか進んでくれない。無理、無理と言う私に、状況が全然わかっていないかのように主人は大丈夫、大丈夫とかけ声をかける。神様お願いしますと祈りながら、ようやく大通りに出た。これで駅まで行ける。途端に主人の声が弾んでくる。日曜日の主人はまるで遠足に行く子供のようだ。

大船駅は改札口が高いところにあるため、私たちはルミネの中を複雑にエレベーターを乗り換えて行く。ガードマンさんも駅員さんもいつもにこにこと迎えてくれる。今日もこちらですかと、胸の前で十字を切りながら誘導してくれるガードマンさんもいる。

　秋葉原駅では予め大船駅から連絡を受けた駅員さんが四人で出迎えてくれて、よっこらさと車椅子を担いで、あっという間に改札口まで運んでくれる。「今日は帰りは、夜遅いんですよね」とクリスマスの日にあちらから話しかけてくれた時は、嬉しかった。

　二年半前までは、相模原の岩城さん、南足柄の長野さんという神様のお使いと思われる方たちが、遠くから車で私たちを浅草教会まで運んでくださった。電車で来るようになったのは、実は主人の弟を通しての「お導き」があったからだ。

　その日、弟がもう危ないという連絡を受け、雨の中を松戸の病院まで電車で行ったのが、大船駅を車椅子で通った最初のことだった。弟はそれから間もなく亡くなったが、告別式の日は信じられないような暴風雨で、タクシーに乗り込む間にもずぶ濡れというあり様だった。

　あの雨の中を松戸まで行ったんだ。それから車椅子で出かけることは何でもなくなった。今は天国の弟に感謝。

　日曜日はきっと晴れる。家を出る五分前まで降っていても一歩出る時には止んだこともある。最近は「神様ちょっとだけ雲を向こうへやってください」と祈ることもなくなった。

ミサの後の聖書の《みことば》を聞きたい人たちの『ぶどう園』の小さな集《つど》い。風に揺れる灯のように感じる時もあるけれど、神様が祝福して応援してくださっているようにも思われて嬉しい。

今朝は雪で洗われて、空は真っ青に透き通っている——

主人の最後の外出となった十一月十一日——。あの日も、ちょうど二十二年前、私たちが浅草教会で結婚式を挙げた日と同じように、空は青く晴れ上がっていた。

渇いた大地のような
わたしの魂を
あなたに向けます
ここは祈りの家です
ご自由にお入り下さい

《桜の頃の浅草カトリック教会》　写真家　石井哲夫氏　撮影

◆◇◆目次◆◇◆

ポインセチアを一つずつ

二〇〇一年十月二十三日（火）

冷蔵庫の奥にビールが一缶残っていたのを見つけた。

コップにつぐと、「博《ひろ》も」と言う。

お酒もビールもずっと飲んでいないのでちょっと心配だったが、少しぐらいならいいだろうと博にもついだ。

おいしい。

「おいしいね」と言うと、「うん」と言う。

二階に上がって戻って来ると私のコップが空になって、博の方が増えている。

「あれ、ここにあったんだけど……」と言うと、へへと笑っている。こういう時、博は本当に子供のようだ。

「澄ちゃん、明日もビール買ってきてよ」と言う。

お寿司の折詰を買ってきたが、博はいつも食べるマグロも食べない。

「病院へ行こうか、やせてきたし、食べないし……」

十月二十四日（水）

朝、「ビール買ってきてよ。忘れないでね」と言う。

帰って来ると、（毎日一リットルは飲んでいた）牛乳とコーヒーもたくさん残っている。

「やっぱり病院へ行こうね」と言う。

十月二十七日（土）

病院へ行くというのに博は楽しそうだ。

引っ越してきたばかりの頃、車椅子でこの道を歩きながら、「澄ちゃんとイトーヨーカドーへ行くのが一番楽しい」と言っていた博の後ろ姿を思い出した（病院はヨーカドーの近くにあった）。

最近は、日曜日、教会へ行く以外、外へは出ない。

「どこも具合悪くないの。痛いところもないの」と道すがら聞くが、ないと首を振る。

内科受診。H先生。

「ふだんからあまり食べないんですが、三、四日前から急に食べなくなって、目立ってやせてきたんです」

血液検査。

「栄養状態は悪くないようですが、肝臓がちょっと良くないようですから、超音波で検査してみましょう」

超音波検査は、今日は予約がいっぱいでできないらしい。今朝はポカリスエットだけ飲んできたと言うと、看護婦さんが、「じゃあ、今日はだめです」と言う。

「消化器内科の専門の先生、I先生と言いますが、紹介致しますので、月曜日に来てください。今日は点滴を受けていってもいいし、お家でポカリスエットのようなものを飲むのでもいいでしょう」

点滴をしなければならないというわけではないと思い帰ってきた。

支払いを待っている間、たばこを二パック買ってきた。

帰り道、

「博、肝臓だって。少し通わなくちゃならないかもしれないね」

博が不安な気持ちを持たないように言った。博は黙っていた。

十月二十八日（日）

浅草教会へ。

朝、トイレでのつかまり立ちが危なっかしい。手を放すと、「だめだよ」と大きい声を出すので慌てて支える。今まで立てないなんてことはなかったのに。

　最近は何故か出かけるまでにとても時間がかかる。今日も遅れぎみ。でも博は嬉しそうだ。足早に車椅子を押す。博は嬉しい嬉しいと言っている。博の後ろ頭が歌っているようだ（足が悪くなってから、博の髪は私が刈ってあげていた。坊ちゃん刈りのような、ちょっと逆三角形の博の後ろ頭を見ていると、楽しそうな博の気持ちが伝わってきて、私も楽しかった）。途中で運よくタクシーが通りかかったので駅まで乗って行く。いつも歩いていたから、タクシー券は、今年はまだほとんど使っていない。

ミサが終わる前に、博はいつものようにロビーに出て、『ぶどう園』の集まり（聖書を読む集い）のテーブルに先に着き、「灰皿」と言う。

ミサが終わって、レミさん（友達で、修道会の司祭）が「お元気ですか」と声をかけてくれる。「ちょっと肝臓が悪いみたいなので、お祈りお願いします」と言う。レミさんは「今度CDを出します」と言って、ご復活祭のためのCDをくれた。

博は今日はたばこの量も少なかった。いつもなら灰皿に結構いっぱいになるのに。

今日はとてもやせて、顔色も悪く見えた。

帰ってから、トイレに立たなくてもいいように溲瓶にした。

十月二十九日（月）

超音波検査。

朝、尿が赤いのでビンに入れて持って行く。

検査の前に渡そうとすると、あとでＩ先生の診察の時、お話しくださいと言うので、検査の間持っていて、待合所の椅子で検査の終わるのを待つ。

一人の女の人が何か慌てたような感じで、「今までに泌尿器科にかかったことがありますか」と私に聞く。「はい」と言うと、「ありますか。ちょっと尿を貸してください」と言って、尿を検査室の方へ持って行く。

超音波検査後、消化器内科で待つ。

博は待合室のドアを前にして座っている。狭苦しいのではと思い、「廊下に出る」と聞くが、「いい」と言う。博はどんなところでも文句を言わない。

四十分くらい待って、やっと名前を呼ばれる。

「前に結核と脳梗塞……それから脊髄小脳変性症で、……いつ頃から」

「十年くらい前からです」

「……で最近、食欲がなくなってきた」

「先週ぐらいから急にやせてきて、食欲がなくなってきたんです。ふだん飲んでいた牛乳もほとんど飲まなくなったんです」

先生が牛乳だけといぶかしげな表情をする。博が「ご聖体（キリストの体である小さなパン）と水だけで生きた人がいる」と言うが、言葉が不明瞭で先生にはわけがわからない。

先生は私の言うことを書き留めて、「じゃ、食欲の出る薬を出して様子を見ましょう。いいですよ」と言う。

ずい分簡単だなと思い、診察室を出かけて、「肝臓の方は、今特に問題はないのでしょうか」と口ごもりながら言うと、先生は私の顔をしっかりと見ながら「本人のいるところでは言わない方がいいと思うので……」と言う。

私はぞっとして、一瞬心臓がこわばった。「あとで電話をください」と言う。

その日の午後、授業（私はふだん、日本語学校で日本語の教師をしているが、大船にある某幼児教室でも講師をしていた）が終わってから、公衆電話を探して電話をする。

「実は、電話でお話しするのはなんなんですが、胃と肝臓がかなり悪くなっていて、癌の疑いがあります。体力も弱っていて、もうどうすることもできない状態です」

写真で見ると胃壁がぶ厚くなり、真っ黒に写っていると言う。

「まちがいありませんか」

「確定的なこととは言えませんが、胃カメラを飲むのも難しそうだし、検査をしても、したからといって何かできるかというと、どうすることもできないと思います」

電話ボックスの外では、女の人がいらいらした様子で「まだですか」と後ろでガラスを叩いている。

「あと、どのくらいでしょうか」

「食べられなくなったら一、二か月だと思います」

「これからどうするか、また改めてお話ししましょう」と言うので、明日行くことになった。

「お一人でいらっしゃいますか」

「はい」

私には相談する人など誰もいない。澤田神父様（浅草カトリック教会の司祭）もヨーロッパに巡礼で日本にいらっしゃらない。

氷の柱が全身を貫いたようだ。全身がまるで空洞になったような感じで、地に足がついていないみたいだった。

胃癌。

あと一か月。

私が仕事や家やお金のことで心を囚われ、奔走している間に、博は私以上に心を痛めていたのだ。胃癌なんて……。

もう全て終わりだ。何も望めないのだ。

このまま全てが終わる。このまま……。

あの暗い部屋での生活……。

越したい、越したいと思いながら、なかなか越せなかったあの部屋……。

いつかきっと博と一緒に住みたいと思っていた家、博に安心してもらいたいという夢……。

何も望めない。

一日中、日の当たらぬ一階のあの暗い部屋で、一人毎日過していた博。ただ私の帰りを待つだけの。あそこから抜け出すことも叶わないまま、全てが終わってしまう。

もうどんなことをしたって遅いんだ。

もう取り返しがつかない。

「ただいま博、ただいま」とできるだけ明るく言って中に入ると、博は横になっていた。

「博、ただいま。疲れた?」とやさしく見る。

「澄ちゃんのことばかり思っていた」

博は帰って来ると必ず言ってくれる。

「博疲れたの?　大丈夫?」とできるだけやさしく言う私。どうして今までやさしく言わなかったのだろう。今までの自分のがさつな口のきき方が急にはっきりと見えてくる。「博、具合悪くないの。どこも痛くないの」と聞くが、「ない」と言う。

博は病気のことはひと言も言わない。

病院のことも、検査結果のことも聞かない。

自分から体のことを心配したこともない。

十月三十日（火）

午後、I先生と面会。

先生は気を遣ってくれてか、誰も来ないような上の階の一室に私を案内する。中に入ると、「お子さんとかご兄弟とか、いらっしゃいますか。一緒にお話ししましょうか。いきなり話したらびっくりするでしょう」と言いながら話し始める。

超音波の写真を見せながら、

「胃壁がまっ黒にぶ厚くなっています。肝臓はまだら状態で、全体に広がっている。血液検査のLDHの値が非常に高く、悪性疾患の疑いがあります。本当の確定はできないが、まず間違いないと思います。おそらく胃から始まって、肝臓に転移したのだろうと思います」とメモを書いてくれる。

あとで（博の）妹たちに話す時のために。

「もうどうすることもできませんから、ご本人が望まれるように……」

「今まで入退院をくり返し、病院に入るのは絶対嫌だと言うと思うので、できれば家で、と思いますが」

「訪問看護という方法もありますが、家で看るのも大変だと思います……。血を吐いた時とか……」

「家も古いし、前から越したいと思っていました。本人は教会へ行くのを何よりも楽しみにしています。向こうには知人も多いので、東京の方へ越したいと思います。いつも電車で行っていたんですが、今度の日曜も行くつもりです」

「無理だと思いますが……。途中で何かあったら……。

救急車も（東京へ行くのに）頼めるかもしれませんが、そういう場合は有料ということになると思います」

「たとえ途中でそのまま倒れてしまうことになっても行くつもりです。本人もそう望んでいると思います」

「どうしてもと言うのなら、具合が悪くなった時のことを考えて、どこかの病院を考えておいた方が良いと思います」

教会に一番近いのはM病院だと話すと、紹介状を書きますと言ってくださる。

「本人はわかっていると思います。死ぬことが怖いということはないと思います。ふだんの話から。私たち、信仰を持っていますし……」

「中には恐れたり、最後まで疑問を持ちながら苦しむ人もいますが……。いつ死んでもいいんだと覚悟ができている人もいるし……。では、妹さんたちには奥様からお話しください」

あさって、紹介状を取りに行くことになった。

「本人に話した方がいいでしょうか」

「私はいつも話すんですよ。治る見込みのある人には。でもご主人の場合はあまりにも急で、あとひと月足らずという状態ですから」

ひと月足らず……。


病院から帰る時、博に電話をする。

病院に寄ったとは言わない。いつも家に帰る途中と同じように、「今、行政センターのところ、もうすぐ帰るからね」と話すと、「時計ばかり見てるからね、早く帰って来て」と博は言う。

時計ばかり見てるからね。帰り道に電話すると、いつもきっとひろは言う。今まで何十回言ってくれただろう。そうすると私は、買い物も焦ってする。

一か月。一か月。あと一か月。

十一月、十二月。

クリスマスまでいてほしい。きっといてくれる。いてほしい。

博と一緒にクリスマスのミサに行く光景を思う。


晩、洋梨をほんの少しとみかんの薄皮をむいて三つ、口に入れる。五、六分後吐く。今まで吐いたことはなかったのに……。

博は何も言わない。

具合が悪いことはわかっているに違いない。「癌はやせて吐くって言うけれど、でもやせてきたのがわかった時はもう遅いんだってね」といつだったか、ずっと前のことだが話していたことがあった。先週の金曜日だったか、「俺、もう長くないよ」と言っていた。どうしてあんなこと言ったのだろう。

結婚して以来、自分の体のことを気にしたり、自分から医者に行ってみようなどと言ったことは一度もない。

一日一リットルの牛乳にコーヒーを混ぜて飲む。晩に少し食べるだけ。人が驚くと、ご聖体だけで生きた聖人がいるなどと言って、食べないことを楽しんでいるようだった。

すべてが言い訳。私は一体何をやっていたのだろう。私のせいだ。私のせいで博がこんなになってしまったのだ。

「博、ごめんね。澄ちゃんがほったらかしにしといたから、博がこんなになっちゃった。博、ごめんね、ごめんね」と泣きながら博に謝った。気づかれないかと心配しながら。

十月三十一日（水）

顥子《こうこ》さん（博の上の妹）にいつ話そうか。

博は溲瓶にしても上手くできないようで、シーツを汚してしまう。

「博、どんなことになっても、一生澄ちゃん、博のこと見るからね」

「ありがとう」と博は言ってくれる。

先週の土曜日、博がシーツを汚した時言ってしまった酷《ひど》いことばを打ち消したくて、私は言った。自分でも恐しいあのことば。

「もうこうなったら面倒見切れないよ」

本当にごめんなさい博。

(いくら謝っても謝り切れない。今でもあの時何も言わずに黙っていた博を思い出すのが一番辛い)

もう取り返しがつかない。いくら私が今から優しい話し方をしたって、いくら今から大切にしたって、もう取り返しがつかない。

「博、こんなのどう。

——私は馬小屋で生まれた。

父親が競馬の調教師だったから、家は母屋と馬屋が繋がっていて、馬小屋と呼んでいた。

生まれたのは九月九日の朝九時だ。でも私は信じない。私が見て覚えているわけじゃない……」

書き出しを読むと、博はウフフと笑っている。

日曜日から、ひろに昔聞いた話を思い起こして書き始めた。どうしても聞いておこう。博の自伝を書こう。もっと早くやればよかった。どうしてあの時書かなかったのだろう。青森にいた時、青森放送のNさんに言われた時も。いろんな人が言ってくれたのに。今までどうしてまとめなかったんだろう。前に聞いたことをもうちょっと正確に聞いておこう。博は言葉少なにだが、記憶を辿るように答えてくれる。

私が今できることはこれしかない。

十一月一日(木)

昨夜はどうしたのだろう。博は声にならない声で騒ぎ続けていた。「暑い」とシャツを脱いでしまった。

今朝博に聞いたけど黙っていた。

「気持ち悪くないの。痛いところないの」と聞くが、「ない」と言う。

あと一か月。どんなに後悔しても泣いても。今までひろのために何をしてきたんだろう。私なんか、私なんか。

帰って来てゆっくり顔を見ることだってしなかった。博はいつも優しかった。

いつも私のために祈ってくれた。私はいつも自分のことで精一杯で、それが当然だと思っていた。何をしていたんだろう。

博が及びもつかないすごい人に見えてくる。

無垢、神に愛された人。

博の口ぐせ。

「ボク、子供だもん」

ひたすらひろの昔の話を聞き出して書き留める。もう時間がない。

——馬商売をやっていたから、家にはいろんな人が出入りしていた。母親が教育上よくないと考えて、私は四歳の時、ババァ（祖母）のいる青森の叔父（母親の弟）のところに預けられた。

五歳の時、叔父が結婚することになった。叔母が家に来た時、「オメ、なしてオラの家さ来た」と俺は言った。叔母は確か子供はいないはずだがと、（昔の人だから）聞くに聞けず、しばらく悩んだようだ。……

この話は何度か博から聞いた。話す時は、いつも楽しそうで、博はよく笑っていた。

今日はポカリスエットとアイスクリームだけ。

十一月二日（金）

今日から午後の授業は休ませてもらう。

帰り道、博に言わないで病院に紹介状をもらいに行く。守衛さんが先生を探して電話をしているが、なかなか見つからない。だいぶ待って、やっとつながるが、先生は書くことを忘れてしまっていて、平身低頭に申し訳ないと言っている。仕方がないが、死ぬかもしれない人のことを忘れるような何があったのだろうかと思った。

明日の朝もう一度寄って受け取ることになった。

今日は小学校時代の話。

――私が困るといつもすぐババァが助けてくれた。五年の夏休みに工作の宿題が出た。ババァがすぐに大工の知り合いに助っ人を頼んでくれた。俺は大工が作っている側で、「そんなに上手に作っちゃだめだ。五年生だよ」とか言いながら見ていた。その船は県知事賞をもらい、総理大臣賞までもらって……、俺はなんとなく恥ずかしく、後ろめたかった。……

博は、私が聞きながら書いているのが嬉しいようだ。

おばあちゃんは博を本当に猫可愛がりして、大事にしてくれたらしい。

「博、澄ちゃん、バアちゃんにはかなわなかったね」

顥子さんに電話しようかと言う。具合が悪いからだと博に思われないように。

「この前お電話くださった時、『教会に行く時にでもお会いできれば』って言っていらしたから」と言うと、「電話してよ」と言う。

病気のことは言わない。悲しい思いを抑えてではなく、楽しく会ってほしいから。前に教会へ行く時にでもと仰ってくださったことがあったので、来週の日曜日はいかがでしょうかと聞くと、喜んでくれた。

十一月三日（土）

M病院へ。

相談室の看護婦さんに会って話を聞く。

ここは救急病院ではないので、倒れた時に必ずしも入れるというわけではない。一度でも診察を受けていれば、その時診察はしてもらえるが、ベッドに空きがなければ入れない。他の病院の方が希望に叶うのではないか。キリスト教関係の病院もあると、病院の名前を教えてくれるが、ホスピスのようだったし、カトリックではないようなので、それに少し遠いし、行ってみる気には全くなれない。

元気な頃に、何かあったらと話したことがあって、お葬式はこの教会（浅草教会）で、と思っていると言いかけて、泣きそうになり、声がつまった。

「今は診断を受け、あと数か月と言われてお気持ちも動揺していることでしょうから、またゆっくりお考えになられたら」と言う。

「数か月もないんです」と言って黙った。

診察の予約だけはしてもらった。

ご主人に話せますかと聞くので、何としても連れて来なければと思い、はいと答える。来週の水曜日に来ることになった。

教会に寄る。寄っても神父様もいらっしゃらない。

中学時代の話を思い出して確かめながら書く。

――中学では、先生は上級生以上に威張っていた。学生は先生に絶対服従だった。偉そうに道徳話をしたり、生徒をなぐる先生を見ると私はいたずらをしたくなった。スキーの授業の時、私は皆を前に、「あの先生、威張っていて、偉そうにしてるから、皆でやっつけよう」と息巻いていた。すると渋川（無二の親友）が私を見てしきりと目くばせしている。横を見ると先生が隣にまずい顔をして立っていた。

「あ、先生いらしたんですか。私、先生がいらっしゃるの知っていたらこんなこと言わなかったんです」先生はいやあな顔をしていた。……

博は初めて私と会った頃から、よく中学の頃の話を聞かせてくれた。聞いていると痛快で私もよく笑った。

「博、題は『競馬、酒、国会、山谷と神さま』っていうのはどう」

「それ、ほんとに俺の人生そのままだよ」

博は以前、青森の放送局に勤めていた。その社長が代議士になってから筆頭秘書をやっていた。

――俺、小さい時から選挙が好きだったんだよ。七戸（中学に入る前まで住んでいた所）の幼なじみのお父さんが県会議員で、選挙の時、事務所に行くと、人が大勢集まってワーワーやってた。俺が行くと、やあ、博ちゃんが来たと言って、頭をなでてくれたり、お菓子をくれたりして可愛がってくれるでしょ。選挙カーに乗りたいって言って、乗せてもらって手をふると、町の人が、「おっ、子供が乗ってる」って手を振ってくれる。嬉しくってね。秘書になってから、国会に出入りして、政治の表も裏もみんな見てきた。ある日、大酒を飲んでぶらっと行ったところが山谷だった。なんか気に入って、住んでみたくなった。

俺はいろんな人間とつき合ってきた。大臣とか、やくざとか、青カン《アオ》（ホームレス）の連中とか……。

……山谷はよかった。自由で……。

夜——

「博、明日教会行くからひげ剃ろうね。博、おひげ剃るの嫌いよね」

「アマ、アマ、甘ちゃんなんだよ」と言っている。

新しい剃刀を買って来た。もうずい分前から切れ味が悪くなっていたのに、どうしてもっと早く買って来なかったんだろう。どうして毎日剃ってあげなかったんだろう。こんなに伸びて……。

ほったらかしにしていたんだ。私はこんなに……。

どうしてもっと博を見ていてあげなかったのだろう。どうしてもっと早く気がつかなかったのだろう。どうしてもっと優しくしてあげなかったのだろう。どうして、どうして。

十一月四日(日)

寒いので仕度に異常に時間がかかる。

タクシーは通らない。駅まで車椅子を押していく。

だいぶ遅くなったけど、秋葉原では、駅員さんたちがホームで待っていてくれた。

博がやせて見えた。駅員さんたちもそう思っただろうか。

ミサ後、『ぶどう園』。

博の口から出た声が、声帯を通っているとは思えない掠れたような細い小さい声なので驚く。皆もきっと驚いたに違いない。

昼、カップヌードルを食べると言う。カップヌードルとインスタントの豚汁風うどんを買って来る。

カップヌードル二、三口と、うどん一本ぐらい食べるが、博は二、三分後吐いてしまう。

私が教会の近くへ引っ越して来ようと思い、部屋探しのことで、事務所で他の人たちと話していると、「随分勇ましい恰好をしているね」と森口さんが言ってくる。私が博のところへ行くと、ジャケットもセーターも脱ぎ、シャツだけになっている。暑いと言って着たがらない。

アイスクリームを食べると聞くと、食べると言うので買って来るが、ほんの少ししか食べない。

夜。

「博、どうしてあたしなんかと結婚したの」

私は自分が本当にどうしようもない者に思われて聞いた。

博は黙っていた。

「博をほったらかしにしておいたせいで、博がこんなになっちゃった」

私は泣いた。もうどうすることもできなくて。

「博、ごめんね、ごめんね」

「いいよ」と博は言ってくれた。

博は病気のことはわかっているんだ。ひと言も聞かないけど。

私も話すつもりはない。博に病気のことを。

十一月五日（月）

—先生と面会。

M病院の報告。

「本人は痛いということはないようです」と言うと、そういうのもあると言う。

「痛みがあったら辛いだろうと思って……」

「点滴をした方がいいでしょうか」と聞くと、私の目を見て、「それが本人のためになるかどうか……」と言う。だめなんだ。


帰り道――。

一か月って、いつ……。

博と一緒にクリスマスのミサに行きたいな。一緒に。博はきっとクリスマスを迎えるまで大丈夫だ。

クリスマスのミサが終わって、博が具合が悪くなる姿が思い浮かんでくる。

いてほしい、クリスマスまで。

それまではだめなのかな。だめなのかな。

やっと澤神（澤田神父様）と電話が通じた。

「久慈さんが具合が悪いとか」

私は博の病状や経過を話す。

「本人には話していませんが、わかっていると思います。本人はふだんと変わらず、落ち着いています」

「すごいね。こんな時に平気でいられるなんて。イエズス様（イエス・キリスト）としっかり結ばれているからかしら」

博、神父様がすごいって、と伝えたいけど言えない。

夜。

背中を揉めと言う。

「もっと下の方」

痛いと言う。初めて。

いつから痛いのと言うと、四、五日前からと言う。この間夜騒いでいたのも、教会で脱いでしまったのも、苦しかったからではなかっただろうか。

我慢していたのだ。博は痛みには我慢強い、昔から。

イエズス様、助けてください。博は悪くないんです。

助けてください。助けてくださいと祈りながら摩《さす》る。

十一月六日（火）

夜、コーヒー入り牛乳をいつものガラスのカップに三分の一程飲む。最近はほとんど飲まなかったので、結構たくさん飲んだ。

三十分程して、オレンジ色っぽい胃液のようなものをたくさん吐いた。シャツもシーツも少し汚れた。

オシッコはドロッとした濃いオレンジ色をしている。

イエズス様、お守りください、助けてくださいと何度も祈る。

「イエズス様は博が大好きなのよね。だからご自分と同じように苦しんでほしいのよね。イエズス様痛かったでしょうね……手にも釘を打たれて、足にも打たれて……」

博はウンウンと言って聞いていた。

「明日、教会に行く途中で具合が悪くなった時、見てもらえるから、M病院へ行こうね。澤神にも会えるし」と言うと、うんと承諾する。目覚まし時計をかけろと言う。何時頃行くのかと聞いたりする。

十一月七日（水）

朝起きた時から背中が痛いと言う。

十五分位、イエズス様助けてくださいとお祈りしながら摩ると治まってきたようだが、病院には行きたくないと言う。

八時半頃、神父様から電話。

「今日来ますか」

「行きたくない」と言っていますと話すと、私がそちらへ行くのはどうですかと仰る。部屋は狭いし、散らかっているし、私が口ごもっていると、日曜日に私が藤代さん（教会の友達）に頼んでお願いした不動産屋さんから電話が掛かってくるのを待ってくださっているとのこと。

午後、住宅情報誌で見つけた御徒町のMハウジングに電話してみる。一時間位後に電話あり。駒形にペットOK、車椅子も大丈夫というマンションがあるという。

夕方御徒町まで行ってみる。案内されると、古いが結構いい部屋で住みやすそうだ。申込書を書く。

何も食べないので、私は必死でスプーンに何杯もアイスクリームをあげる。今までになく食べたが、「澄ちゃん、アイスクリームもういいよ」と言う。もういいよ……。

十一月八日（木）

保証人をお願いするため、裕子《ひろこ》さん（博の下の妹）に電話する。もう会社は退職したそうだ。保証人は血縁関係のある者で、収入のある人と聞いていた。ダメかもしれない。

博は少ししか話せない。私がもっと聞きたいと思っても黙ってしまう。

――渋川とつき合い始めてから、人生とは、友情とは、愛とは何ぞやなどと考えることを覚えた。まだ中学生だよ。本が好きな奴だった。勉強は大概一番だった。

……渋川は本当に友達がいなかった。私は誰とでも友達になった……

博がぐったりしても私はどうすることもできない。

二階を片づけていたら昔のノートを見つけた。博から聞いた話を書き留めておいた昔のノート。博に「すごいもの見つけちゃった」と言うと、「なに」と言う。「ほら、ノート。博のお話、澄ちゃんが書き留めておいた」と見せると、ふーんという顔をするが、力がない。

十一月九日（金）

博が血を吐いた。胃液に混じって。博は気がつかなかったようだ。

博はだんだん力が弱くなっていく。少し話すと疲れて黙ってしまう。

私は博の背中を摩りながら、博の好きなキリエを歌う。サルヴェ・レジナは最初しか思い出せない。結婚した頃、博が何回も繰り返し聴いていたサルヴェ・レジナ……。博が好きな『谷川の水を求めて』も歌う。聴きながら博は小さい声でウーンと言ってくれる。

どうすることもできない。時間が過ぎていく。

十一月十日（土）

吐いた時の受け皿をピンクにした方がいいと思って買って帰る。

また少し血が混じっているのかオレンジ色っぽいものが出た。

「なんだろう」と博が言う。

今日はポカリスエットにアイスを二、三口。アイスは胃液の中に溶けていないような感じで混ざっていた。

言葉が聞き取れない。「アツイ（暑い）」と言っているらしい。何回も何回も聞き直した。こんなことはなかったのに。

背中を摩りながら、

「イエズス様は博のことが大好きなんだよね。だから一緒に苦しんでほしいのよね。イエズス様、博の一番そばにいるからね……」

私が博の顔を見ながら、「博、今までいっぱい、いっぱいありがとね」と言うと、博も精一杯私に近づくようにして私を見ながら「ヒロモ、イッパイ、イッパイアリガトウ」と言う。

十一月十一日（日）快晴

神さまが昨夜《ゆうべ》、一生懸命お祈りしたお願いを聞いてくださった。二十二年前のあの時と同じようだ。結婚式の日、朝は雨が残って寒かったが、式の始まる前には日本晴れになった。

心配なのでタクシーで行く。

玄関で車椅子に乗る時立てなくて、足がヘンな風に折れ曲がった恰好で、車椅子の足載せの所の狭い間に膝をついてしまう。骨を折らないようにと心配し焦りながらも、どうやら座らせることができた。

タクシーの中では、途中から姿勢を保つのが辛いらしく、私の膝の上に横たわってくる。手首に手を当てて脈をとりながら走る。

倒れても走り続けよう。浅草教会が博の行くところだ。

今日は、顥子さん、裕子さんが来てくれる。それを力にして家を出た。


ミサの間に顥子さんがお聖堂に入って来て、後ろから博の肩を撫でてくれる。

博はいつもより早くロビーに出たがる。姿勢を保つのが辛いようだ。

ミサ後、顥子さんと裕子さんがいろいろ話しかけるが、博は昨日から本当に話せなくなった。言葉が少なく、聞き取れない。

具合が悪そうで、澤神が部屋に布団を敷いて寝かせてくださる。栄さん（教会の友達）が上の階から布団を運んできてくれた。

朝から水とポカリスエットをコップ半分くらい飲んだきり。

病油の秘跡を授けていただく。二時間くらい休む。裕子さんが話しかけると、時折、にこっとする。顔色も来た時よりだいぶいい。

結婚記念日だというので、直子さんとユリヤさん（教会の友達）がケーキを買ってきてプレゼントしてくれた。神父様が祝福してくださった。イチゴは無理そうなので、クリームをスプーンであげようと思ったら、博が「イチゴ」と言う。私には聞き取れない。澤神が「イチゴって言ってる」と言う。丸ごと一つ口に入れる。少し舐めて出す。神父様も喜んでくださる。

家には帰れそうもないので、直子さんと浜ちゃんが病院をあちこち探してくれた。

結局、救急車を頼み、〇〇病院へ入る。

救急車が来た時、私は、M病院宛に書いてもらってあった紹介状を見せながら、本人には話してありませんから、と病気のことを本人には言わないようにというつもりで救急車の人に渡す。

救急外来の看護婦はよくしゃべる人だ。

「いつから胃の具合が悪いの」と博に聞いている。私が慌てて紙に「本人には知らせていない」と書くと「聞いています」と言う。そのそばからまた、「もう少し早く来ればよかった」などと博に言っている。

遅すぎたと思わせる発言。私は心の中で苛立った。

できれば病院に来ないで家にいさせてあげたかった。もっと遅すぎたってよかった。

　教会の皆は、引っ越しのことなら車があるからいつでも動いてくれると言う。本当に有難い。

　他の物はあとにして、とりあえず身の回りの物だけでも運んでと言ってくれたが、「そんな時間ないの」と私は悲しく笑いながら言いそうになった。あとで運ぶって、いつ。その時、博のいない部屋で私は一人で引っ越しの仕度、そんなこと……。

「介護の手続きをした方がいい」って……。そんな、もうそんなことしてもらう時間なんてないの……。

　神父様が、入院先を連絡するとすぐ来てくださった。

　博の枕元の方の、博にもよく見えるベッドの手すりに、ロザリオをきれいに掛けてくださった。

　やりたいことがたくさんあるのに、何もすることができず、ボーッと時が過ぎていく。

不動産屋さんに、今日行くと言っておいたが、とうとう電話もできなかった。

十一月十二日（月）

今朝はゴミを出さなければ。衣類や紙の多さは罪深さを物語っているようだ。いかに必要のない物の多いことか。

朝、病院から電話。主治医が決まったので、十一時半頃までに来てほしいという。

学校に代講のお願いの電話をする。野崎先生が出る。「どうなるかわからないけれど、はっきりしないのはご迷惑でしょうから、年内いっぱい……」と言っている時、泣きそうになって声がつまった。

十分遅れた。

博のところへ行くと、横を向いていて、眠っているようだ。点滴と尿を採るための管がつながっている。可哀そう。

主治医と会う。三十を少し過ぎたくらいに見える。

M病院宛に紹介状があるし、しきりとM病院が満員だったからこちらに来たのかというような言い方をする（I先生は必要ならどなたに見せても構わないと言ってくれていた）。

希望を聞かれる。本人の望むようにと答える。「今まで何度も入院していて、入院はとてもいやがっているので、できれば在宅看護を」と話すと、在宅看護はやっていない。やってほしければ紹介状を書いてくれた鎌倉の先生に、在宅看護をしている所宛の紹介状を書いてもらうのがいいと言う。

今回初めて診察を受けて知り合った先生だとわかると、「長いつき合いでないなら私が書いてもよいが、病状が重く、二十四時間点滴が必要だというのに、どこもそんな看護を引き受けてくれないだろう。せいぜいできるのは一、二時間だ。そんなことでは、どんどん悪くなる。癌だからいつ、どんなことが起こるかわからない。点滴をやめれば、即昨日のような状態になる。そうなったら、もうすぐに危篤状態に陥ってしまいますよ。そこまでご覚悟なさっていますか」と何度か念を押される。

その時になって救急車で来られても、受け入れられない。そうなることがわかっていて家に帰ったのだから、とかなり厳しい口調で話された後、あるいは、毎日通院するという方法もありますと言う。

「毎日車椅子で通院しますか。そして本当に悪くなったらここへというのなら、受け入れられますが」と言う。少し希望が見えた。

昨日渡した紹介状と超音波の写真が届いていない。もちろん先生は見ていない。ただ昨日の記録を読んだだけのようだ。

話している途中、澤神が寄ってくださって、後ろから声をかけてくださる。

病室へ行くと、博は横を向いて寝ているようだが、声をかけるとウンウンと返事をする。顔色は良い。

神父様が帰られた後、『診療計画書』というのがベッド脇の台の上にあるのに気がつく。見ると、「病名、腹部腫瘤。脱水。」とある。ぞっとした。博は見たのだろうか。「その他」のところに「苦痛の軽減につとめ、日常生活の安楽をはかる」とある。「苦痛」とは何か。癌の痛みのことか。「軽減」とは。癌の痛みを和らげることか。

話したのだろうか、博に。話したら、「あなたはガンだ。痛みを和らげること
が必要な、あの末期患者だ」というのと同じだ。
平和は壊れた。私と博との。
博は自分でもわかっている。でも私たちは何も言わなかった。胃という言葉も、
吐き気という言葉も。
平穏だった。祈りのうちに静かに過ごせると思っていた。イエズス様のところ
へ行くまで。
この病院は一体どういう病院なのだろう。昨日からの看護婦の言動。連絡の不
行き届き。今日の計画書。一喝したい気持ちだ。
夜、顒子さんから電話。しきりとどこに入院したのかと聞かれる。いつか話さ
なければならないとは思っているが、今日はその心の準備が整っていなくて、大
丈夫ですをくり返す。しかし見舞に行ってくれるかもしれない。あの病院なら、
軽々しく病状を話してしまうかもしれない。
投書しようか。でも博が看てもらっているのだから……。

不動産屋に謝りの電話。十三日に契約に行くことになった。

十一月十三日（火）

病院へ行ったら、博が目をパッチリ開いて見てくれた。昨日とは全然違う。元気そうだ。ホッとした。

直子さんが来ていてくれた。

先生と話す。

「毎日通院をお願いします」と話すと、「病院にいて、毎日外出という方法もあります。ベッドも確保できるし」と言ってくれる。「お祈り――礼拝というんですか、それもいつでも自由に出ていいですよ。看護婦にも話しておきますから」と言ってくれる。ありがたい。

救急車で来た時看護婦の言っていたこと、腹部腫瘤の話をすると、本人には何も話していないとのこと。

「そうか、腫瘤はいろいろあるが、癌と思っちゃうのか。もっと早く来れば良かったというのは誰にでも言う、あたりまえの何でもないことですが……。患者さん本人たちは常に周りの言動に敏感に、耳をそばだてて聴こうとしているんですが、何でも癌だと思わせるのはいけないと言うと、何も言えない味気ない対応しかできなくなってしまうことになります。

はっきりとは言わなくても、本人にそれとなく気づかせていくのは必要じゃないかと思うんですよね」

博は気づいているのだから、気づかせていく必要なんてないと思った。

「研修生の時は、ビールを飲みたいという患者さんがいて、よくなるからもうちょっと我慢してねと言ったことがありますが、後悔しています。今は、何でも好きなことをさせてあげるのがいいと思います。本人もいろいろな様子からわかると思いますし。一応、看護婦には言っておきますが……」

思っていたことを話したので、昨日とはだいぶ違う気持ちになった。案外話のわかる先生かも。在宅だけはあまり望まないようだ。

最期は病院で、というのは望まないが、なんとなく安心した気分になった。ひとりで看るのはなんとなく悲壮にも思えた。

神父様に先生の話をすると「親切な先生ですね」と言った。どこまでも神父様はいい方だ。人をそのようにしか見ない。

今日はたくさんお見舞に来てくださったようだ。

直子さん、綾子さん、浜ちゃん……。

直子さん、飲み物ありがとう。

「アリガタイ」と博も言っていた。

飲み物の袋に

「お見舞に来てくださった方へ

本当にありがとうございます

励まされます

天使が運んでくださったいただき物です

どうぞご自由に召し上がってください」

と書いた。

澤神もノートを置いたらと言ってくれた。

十一月十四日（水）

藤沢（両親の家）へ行く。

東京に引っ越すと話すと、父は「あまり急なのでこっちもどうしたら……」と言っている。

博は昨日よりずっと元気そうだ。

「澄ちゃんが一番いい」と言っているが、聞き取るのは困難。「渋川さん？」と聞き返す。「撫でろ（背中を撫でろ）」というのはわかった。

看護婦さんは親切そうだ。

尿の色もきれいになってきた。便も出たようだ。三週間ぶりだ。全然食べないんだもの。

博は何も飲みたがらない。点滴だけだ。

体温は三十六度八分。看護婦さんは熱はないと言うが、平熱は三十五度七分ぐらいだ。

血圧一二七から十七。この病院に初めて来た時はゼロ（零）まで聞こえたと言っているが……。

お見舞に来てくださった方にメッセージノートを置く。適当なのがなく、たまたま家にあったクマ（熊）の表紙のノートだけど。

十一月十五日（木）

昨夜、顒子さんに話す。

日曜日の様子を見て、何か感じていたのか、動揺する様子もなく聞いていた。

私も淡々と話した。

「もう少し話せると思ったけど、この間会えてよかった」と言ってくださった。

今日病院へ行くと、メッセージノートにたくさんの名前があった。

神父様が朝、ご聖体を授けてくださった。

今日は、顯子さんと雄二さん、裕子さんとターちゃん、千絵ちゃん、範子ちゃん、中村さん、桜井さんも来てくれた。私は遅くなって会えなかったが、博はとても嬉しかったようだ。ターちゃんのメッセージに「おじちゃんと話ができて嬉しかった」と書いてあった。嬉しかった。


今日、入院して初めて、ペットボトルのキャップで三口お茶を飲む。澤神のメッセージに「口からいただくのを忘れてしまわないでよ」と書いてあった。博に言うと、キャップに三口だけ飲む。日曜以来ご聖体だけいただいてきたが、嬉しかった。

――十五分くらい後で少し吐いた。胃液と血らしきものが少し混じっていた。お茶のせいだろうか。だいぶ悪いのだろうか。

小さいマリア様のご像を枕元の台に置いたら目を大きく開けてじっと見ていた。

体温三十七度一分。ふだん三十五度七、八分だからちょっと高い。

「澄ちゃんのことばかり思っている」「暑い」「いらない」「あした何曜日」など、

言葉が増えているが、やはり不明瞭。

言語中枢に何かあったのだろうか。転移だろうか。それとも水分が足りなくて、脱水状態で……。確か、先週の金曜日か土曜日からだ。


疲れて自分が何から手をつけていいのかわからない。足が重く前に進まない。

仲通りにポインセチアを売っていた。店はあふれるほどのポインセチア。ポインセチアの赤がいっぱい。何てきれい。

赤がきれいで、勢いのよいのを一つ買った。もうすぐクリスマス……。

博と一緒にクリスマスのミサに行きたいな。それまでいてほしい。クリスマス、一緒に行きたい。

十一月十六日（金）

買い物に行くとまたポインセチアがたくさん並んでいた。もう一つ買った。一つは母のところにあげよう。

それと淡いピンクと白のぼかしのシクラメン、一番きれいで一番好きな色の。博が来る新しい部屋に飾ろう。

荷造りしていると、いろんな博の姿が思い浮かんでくる。

いつも毎日、ここに座っていた博。一日中、私の帰りを待っていた博。私は帰って来ると、いつも右後ろの上から立って博を見下ろしていたのだ。その姿が思い浮かぶ。もう二度とあの姿は見られない。もう帰って来ても博がここにいることはない。

時々、たばこを指を折って数えていた。なんのためだったのだろう。そのしぐさが子供っぽくて可愛い。

とても悲しい。もうくり返されることはない。博が待っていてくれることもない。とても悲しい。

ふつう、人は気づかない。明日も同じことがあると思っている。同じ光景が続くのだと……。毎日いるはずの博が、もうここには座っていない。

（私はこの日、引っ越しの荷造りでと言って、病院に来なかった。絶対来られないわけではなかった。絶対来られないわけではなかったのに。私は来てあげなかった。

博にとってはどんなに長く、寂しく、待ちわびていた一日だったろう。

（十二月二十六日記）

十一月十七日（土）

博がたくさん血を吐いていた。たくさんの。

「どうしたの、今吐いたの？」

「シンプサマニデンワシテ（神父様に電話して）、シンプサマニデンワシテ」と博はくり返した。

先生は「今週中にはご覚悟なさっておいてください」と言う。

「そうですか、そうですか、そうですか……」

「肝臓のＣＴは白い部分がほとんどない。胃も黒くなっている」

「あまり急激で……」

あるところまでは徐々に進行しているが、あるところから一気に悪くなることがよくあるとのこと。

「尿はきれいになっていますが……。今日は本当は外泊の話をしようと思っていたのですが……」と先生も声をつまらせるようだった。

「お会いさせたい方にご連絡した方が……」

「そうですか……。もう外泊は無理ですね」

「はい、外で同じようになると思います」

「そうですか。そうですか……」

「輸血は、してもどんどん出るので、本人の苦痛を長くするだけだと思います。良くなるというのであれば勧めますが……」

……

「明日、引っ越しなんです」

先生も一瞬言葉が出ず、ペンを置く。

「奥様、いまわの際におそばにいらっしゃりたいですか」

「はい」

「もう覚悟したから引っ越したいというのであれば別ですが……」

（こんな時にそばにいない人がいるだろうか）

「います」

「急変することもありますので」


引っ越しは延ばす。いつまで。博のいない部屋に越す。意味がない。何もない。なにも……。


博と話した。

「ノエルとジョジョを預けようか」

「ドコニ」

博はノエルとジョジョのことになると目の色が違う。

「病院に（いつも行く動物病院に）」

「……」

今晩、ノエルとジョジョと布団だけ一緒に、蔵前の家に来ることにした。

「ルルドのお水飲む？」

「ノム」

何を聞いてもウウンと首を振るのに。ルルドの水の小さなビンのふたに一口飲んだ。

マリア様、助けてください。

今日、博は何度も「スミチャンガイルノガイイ」と言っていた。

澤神が来てくださった。ご聖体を授けてくださった。

「昨日は具合が悪そうなのでやめました」と仰る（私が来ない、博にとっては絶望的な日だったろう、あの金曜日）。

「博すごいね。日曜日よく（教会へ）行ったね。あんなに具合が悪いのに。博よく『精神力、精神力』って言うけど」

――博が笑った。

「澤神も来てよかったって言っていらっしゃったよ」

博が笑った。よかった、ひろが笑った。

今日は新しい家にポインセチアとシクラメンを飾ろうと思って大船から（病院

へ）持って来た。

――が、今日はできなくなった。（これから大船に戻るから）新しい家には持って行かれないかもしれないから。

病院に根づくのはよくないから、ポインセチアの一番いいのを折って飾ろう。

大船の家に、布団と、ノエルとジョジョをタクシーで連れに帰る。

「博、待っててね。あとで来るから」

散らかったままの部屋で、布団を圧縮袋に入れるだけでも結構しんどかったが、でも博に約束したから、博が待っているから。

窓から見えるキラキラとした夜の横浜港。

岩城さんの車に乗せてもらって、浅草教会へ博と一緒に行く時、帰る時、何度も通ったベイブリッジ。なんてきれいなんだろう。今は、博と一緒に見ているのではない。私の隣には博はいない。

ノエルはタクシーの中で鳴き続けている。

ジョジョは身動きもしない。

タクシーの運転手さんはとても親切な人だった。病院へ寄ってもらって、ポインセチアを家へ持って行くことにした。

「博、来たからね。明日は朝早く来られるからね」

博は目を覚ましてウンウンと言っていた。

運転手さんは布団や荷物を七階の部屋まで上げてくれた。

部屋に入ると悲しみがこみ上げてきた。博と住むはずだった部屋。博と見るはずだった花。

「いいね」と博はきっと言ってくれるに違いない。

結婚した時、私たちの部屋で博は、たくさんのイエズス様やマリア様のご絵を一つの額ににぎやかに並べて入れ、子供のように満足した様子で喜んで眺めていた。澤田神父様も家にいらした時、ご覧になって「まあ、にぎやかだこと」と微笑んでいらっしゃった。博は嬉しかったのだろう。今度もあの時と同じようにきっと……。

涙が止まらない。悲しくて。

神さま、お願いします。お願いします。お願いします。お願いします。お願いします。神さま、助けてください。助けてください。博は悪くないんです。先生お願いします。博を来させてください。来させてください。お願いします。お願いします。お願いします。

こんなに悲しいことが――

十一月十八日（日）

あまりよく眠れずに朝が来た。

病院へ行くと、博は元気そうだ。目をパッチリあけて喜んでくれた。

「ごミサ行ってもいいかな」

博もきっとそばにいてほしい気持ちもあるだろうと思いながら言うと、「いいよ、行って来てよ」と言ってくれる。博にはごミサがとても大切なものだから。

私は遅れて着いた。お聖堂《みどう》の後ろに立っていた。神父様は気づいてくださったようだった。

ご聖体を頂いて、すぐお聖堂を出た。運よく、ロビーにSさん（博の二十年来の友だち）がいた。

「Sさん、お願いします。Sさんにしか頼めないんです」

私は、博を病院の方にわからないように、車で家に連れて行ってほしいと話した。こんなこと誰にも頼めない。Sさんはいつでもいいと言ってくださった。

私は少しでも博のそばを離れるのが心配で走って病院へ帰った。


今日はたくさんの方が来てくださった。

ミサの後、増田さん。

松戸の京子さん（博の弟の奥さん）、隆興さん（甥）。ミサに行く前から来てくださっていたようだが、行き違いでずいぶん待たせてしまった。

顒子さんは夕方六時過ぎまでいてくれた。

荒井さん（私達の結婚式の証人）、千恵子ちゃん（教会の友だち）のお父さんの岡田さんも来てくださった。

神父様、ご聖体を半分に割ってくださる。博はとても嬉しそうだ。ずいぶん長い間飲み込めないように見えたが、飲み込めると言う。半分は私にくださった。

顥子さんたちに、昔書き留めたノートの中の『清貴ちゃん（六歳の時、誤った薬を注射されて亡くなった博の弟）』の話と『澤神との出会い』を読んで聴いてもらう。顥子さんは昔聞かされていた清貴ちゃんのことを聞いて感慨深げだ。「父親は医者を訴えようとしていたらしいけど、母親が、薬を誤って投与した人は、そのことで一生その苦しみを負っていかなければならない、訴えて清貴が戻ってくるわけではないと言って、父を引き留めたらしい」と言っていた。博は、おばあちゃん、お母さんの影響が大きいようだ。家が馬商売をやっていて、家には馬頭観音というのがあり、信心深かったそうだ。

『澤神との出会い』の話は、笑いながら聞いている。

夕方、真君、あきちゃん（教会の友達）、調布の小野さんが来てくれる。あきちゃんはじっと博の顔や様子を見ている。ずっと足を摩ってくれる。さっき読んだ『澤神との出会い』を読むと、三人共ケラケラ笑っている。ふと博の方を見ると博も黙ってなんか嬉しそうに私たちのことを見ている（博は人からよく、いい目をしているねと言われた。この時の何とも言えなく嬉しそうだった博の目と表情を私は忘れない)。

帰りがけ、あきちゃんは「よくなるでしょ」「退院できるでしょ」と私に聞いてくる。

「肝臓が悪いってどうしたのかしらと思っていた。あの鼻の管は何なのかしらと聞こうと思っていたの」

「私だけ引っ越して来たの」

「あとで良くなったら、久慈さんも引っ越しするでしょ」

とても悲しかった。

「その時はもういないかもしれないのよ」

「えっ、えっ⁉」

私は、彼女の肩に抱きついた。

「とても悪いの。もう外出は無理なの。でも彼が最後にいたところは教会だった。一番好きなイエズス様のところだったから。彼はいつもイエズスだけ、イエズスだけと言っていたし、イエズス様も博のことが好きだから、同じように苦しみを受けてほしいんだよねって言ってるの」

あきちゃんも泣いていた。

「だから泣かないで、笑ってね」

真君と小野さんは、私たちが遅いので、先に帰ると言ってエレベーターの方へ歩いて行っていた。

みんながいる時、「明日引っ越しの予定だったんです。でもできなくなったから、私と猫だけ来たの」と言うと、澤神は「楽しみにしていたんだよね」とひと言ってくださった。「楽しみにしていたんだよね」

入院してすぐ、病院の近くでカレーライスを食べた時、仕事を休んだことも話し、今までのことを思うと生活することが大変だった、主人のことをよく見てあげなかったともらすと、「これからですよ」と言ってくださった。

でも、これから……は、もう来ない。

十一月十九日（月）

行くと博は元気そうだった。

「ウレシイ、スミチャンガイルトイチバンイイ」と言っている。

博の言葉は、ほとんど聞きわけられないが、「ウレシイ」「アリガタイ」「アリガトウ」をくり返している。人が言うことは全部わかっている。

「入院はいつもいやだ、いやだって言っていたでしょ、博、いいの」と私は聞いた。家に行きたいと本当は自分が言ってほしくて、私は言ったのだ。

博は頷いた。具合が悪いのだ。自分で感じているのだ。

もう、新しい部屋を博に見てもらうことはない……。


ポインセチアはピンとしていた。安心した。


真君と浜ちゃんが来てくれた。

浜ちゃんと多慶屋へ。ノエルとジョジョの砂と缶詰を買いに行く。ありがたい。私一人で砂と缶詰は一緒には持てない。

真君は熊のノートに博の似顔絵を描いてくれた。寝癖で髪が立っている博の絵はおかしかった。

午後、増田さん、裕子さん、博茂さん（裕子さんの主人）、範子ちゃん（裕子さんの長女）、伊都子さん（顯子さんの長女）が来てくれる。ザビエルさん（友達で司祭）も来てくれた。ザビエルさんは詩篇（聖書の中の詩の祈り）の小さな祈りの本をくださった。皆が集まっているところへ澤神が来てくださった。ご聖体をいただいて、主の祈りとめでたし（天使祝詞という祈り）を皆で祈った。

範子ちゃんはとてもきれいだ。何年ぶりだろう。女優のだれかに似ていると言うと、何も出ませんよと言う。

メキシコの病院で開発され、特許を取って、世界中の病院で使われているAHなんとかの話をしてくれる。ご主人の知り合いの誰だかが、胃癌と白血病だったが、これを飲んで今はピンピンしているそうだ。範子ちゃんは真剣に話してくれる。信じないわけではないが、もう遅すぎる。どんな特効薬だって。博にはもう少し早かったらと思う。

夜、今泉さん（日頃、博がよく思い出話をしていた二十年来の友達）が新潟から来てくれる。これから福岡の家へ帰るという。

Aさんが帰ろうとして「久慈さん、これが最後ですよ」と言っている。Aさんは、博が病気のことを知っていると思っているかもしれないと思い、外に呼んで、「主人は知らないんです」と言うと、「もしかしたら、天国に行くことになるかもしれないということを話してあげた方がいいんじゃないかと思う」と言う。でももう、これが最後だって（博はどんな気持ちで聞いただろう）。

私は言わなければならないだろうかと考えた。博はイエズス様が一番だと知っている……。

みんなが帰ったあと、私は博に言う。

「博はイエズス様が大好きなんだよね。イエズス様のところが一番いいね。神さまのそばが一番いいよね」

博はいちいち頷く。

「一番いいところ。ずっとずっと……もう苦しむこともないし、博も歩けるし、……病気で苦しむこともないし……」

「今日もにぎやかだったね。博、人気があるから、みんな心配して来てくれる」

と言うとニコニコする。

「でも二人になる時間、なかったね。少しは二人になりたい。ね」

博の首の下にできるだけ腕を回して、

「いつまでも、ずっとこうしていたい、ずっとずっと、博とずっと」と言うと、

「ヒロモ、ヒロモ」と言う。

「楽しかったね」

博も頷く。

「けんかもしたけど」

――博は何も言わない。

「ごめんね、博、ありがとう、博。ありがとう、博」

――博も頷いている。

あきちゃんが、これ以上の笑顔はないといった明るい声で、「今晩は、また来ちゃった」と花を持って来てくれた。精一杯明るく振舞ってくれているように見えた。嬉しかった。博の顔を見ていたいと言う。私が「嬉しいでしょう。美人のあきちゃんに見られて」と言うと、「私美人なんて言われたことがない」とまつ毛の長いきらきらした目で言っている。博に目をやると、博も「ビジン……ビジ

ン」と一生懸命言っている。

「え、嬉しい。言われたことない」と、あきちゃんは本当に素直でいい。

今朝、ドクターに澤神のことを話す。

「神父さんですが、もう三十年も一緒で、父親や兄以上の人なんです」

するとドクターが言う。

「時間外に入る時は、ナースセンターに言ってください。そうしないと泥棒と間違えられちゃうから」

「……………」

「他の人が一緒の部屋は、自分たちもそうしていいのかと思われちゃうし、ナースセンターに身内ですと言ってください。そうしないと泥棒と間違えられちゃうから」

と二回もくり返す。半分真面目に聞いていたが、私はおかしくなった。

あきちゃんに話すと、またケラケラ笑っていた。

あきちゃんの持って来てくれたデンファレは、きれいでピンピンしていたが、ポインセチアは少し元気がないように見えた。
私は一番大きいのは持って行きたくない。博が（この部屋に）帰って来た時のために。
血圧九十の五十四。

十一月二十一日（水）

昨日からのことが遠い夢のことのように思われる。

博は本当に行ってしまったのだろうか。

天使の復活

十一月二十日（火）

（私がこの日と二十一日の日記を書いたのは、二十一日の日に葬儀に着る喪服を取りに鎌倉に帰る電車の中だった）


朝、行くと博《ひろ》は元気そうだった。

「スミチャンガイルトウレシイ」と早速言ってくれる。

ずっとずっと博といたいな。ひろ、何十回も何百回も言ってくれたね。

博の頭を抱いて話す。

「博、イエズス様のところへ行っちゃうのかな。いちばんいいところだね。誰も考えられないような。ずっとずっと幸せ……もう苦しむこともないよ……足も歩ける。痛いことも辛いこともない……」

博はウンウンと言っている。

「博、行ったら澄ちゃんのためにお祈りしてね。澄ちゃんバカだから、博がお祈りしてくれないと、ヘンな方へ行っちゃうかもしれないから。守ってね。……寂しいけど、博は澄ちゃんが幸せで楽しくしていてほしいでしょ。だからそうする。……咳がでないようにイエズス様にお願いしてね（私は気管が弱いせいかほとんど一年中咳が止まることがなかった）」

博はウンウンと頷いている。できるだけの笑顔という感じだ。ぱあっと顔が、なんか輝いて見える。ほんとうにきれい。心がすっきりした（今思い出しても、博のこの時のように晴れ晴れとして輝いた顔を見たことがない）。

背中が痛み出す。うめき声をあげている。看護婦さんが血圧を測る時、「ちょっと声を出さないでいられる」と言うと、ほんのちょっと黙るが、またウンウンと言っている。

看護婦さんがいなくなった後、聞くと、イタイと言う。

「いつから、昨日も痛かったの」

「ウン」

そういえば、昨日は何かこわばったような顔をしていた。入れ替わり立ち替わり人が来たが、ずっと我慢していたようだ。

「看護婦さんに言う」と何回も言うと「ウン」と言ったようだったので、呼びに行こうとすると大きい声で「イイ」と叫ぶ。

あまり痛そうなので「呼ぶ」と聞くと、頷いたので呼んで来るが、看護婦さんに「痛いの」と聞かれると「イタクナイ」と言う。「我慢しなくてもいいのよ」と言われるが、「イタクナイ」と言う。

痛みは昼過ぎまで続いた。

私は仕事のことで、どうしてもFAXを送らなければならなくて、コンビニに出かける。その間に痛みは治まったようだが、汗をかいている。

岩城さん（以前、大船にいる私達を毎月、車で浅草教会まで送り迎えしてくれた方）に知らせようと急に思い出した。電話をかけるが番号が変わったようだ。奥さんの勤め先のKというところに電話をかけてみるが、間柄などを根掘り葉掘り聞いたあげく教えてくれないで、岩城さんから私の方へ電話するように伝えると言う。感じが悪く不愉快だ。

博のところに戻って、博に誰かに電話してほしいかと聞くと、「〇〇フ、〇〇フ」と聞こえるがわからない。博は私の顔を見て何度も必死に言っている。汗をびっしょりかいて、呼吸が荒くなっている。私は手帳にひらがなで五十音を書く。一番上の字を指してもらうと、博は人差し指を伸ばして、はっきりと「い」を指す。イタリア人で修道者じゃない人だと言うが、わからない。

わかりたいがわからない。博、ごめんね。私は焦った。

二番目の字は……

――博はもう指を伸ばさない。諦めたような目。とうとうわからない。このまま……。

ひろは相当くたびれたようだ。かなり呼吸が荒い。看護婦を呼ぶが、担当医は外来患者の診療中で、と言う。

今日は誰も来ない。

博の頭を腕に抱いて、

「博、ありがとね。いっぱいいいっぱい。楽しかったね。

博、イエズス様のところへ行けば、ずっと幸せよ。もう苦しまない……博はイエズス様大好きだから、まっすぐ行けるね。

イエズス様、マリア様、ヨゼフ様、大好きなばあちゃんもいるよ。

博、イエズス様のところへ行ったら、また澄ちゃんのところへ戻ってきて。澄ちゃんのこと、いつも見ててね。お祈りしてね。

博は澄ちゃんの守護の天使だね。

ありがとう、ありがとう、博」

博はものすごく苦しそうだがうなずく。苦しそう。私の顔を見て全身で息をしている。看護婦は、先生は急患が入ったとか言っている。

博は頭をしっかりと抱かれるようにする。ますます苦しそう。

沈黙の時、白い……。

博がガクッとなったように頭を私の方に近づける。私の方にもっと近づいて抱かれたいのかと思って、とてもとても愛おしい感じがしたが、それきり意識がなくなったようだ。


先生が来る。聴診器を当てる。ちょっとと私を呼ぶ。博は目が虚ろだ。私は頭を抱えて、博、博と何度も呼ぶ。看護婦さんが聞いて来てくださいと言う。なんで、今、博がこんななのに話なんか聞く時じゃない。後ろ髪を引かれる思いでナースの部屋へ行く。

「もう心臓の鼓動も、呼吸も途切れ途切れです。自然にと望んでいらっしゃるとのことですが、酸素マスクをつけさせていただいてよろしいでしょうか」

私は、もうすぐに死んでしまうのは恐ろしかった。顥子さんと裕子さんにも会っていない……。

「はい、お願いします」と答えた。

私は、博がさっき私の腕の中で意識を失った時、もう全て過ぎ去った、と思った。


酸素マスクをして二十分くらいたつと、意識が戻ってきたようだ。看護婦さんにニッコリする。「それよ、その笑顔が見たかったのよ」と看護婦さんが言う。でも目は大きく開いて天井を見回しているようだが、何か空中を見ているような感じだ。私は博にさっき言ったことをくり返す。

二人（顥子さんと裕子さん）が来た。

「お兄さん！　裕子よ！」

二人は顔をたたくようにしている。「わかっている。わかっているわ」と言っている。

神父様のいる研修所に電話する。大きいところのようだ。伝言を頼んで、電話がかかってくるのを待つ。ずい分待った。――来た。

「もう意識がないんです」

「来てほしいの？　すぐ行きます」

それで電話が切れた。

「博、もう少しで澤神が来るからね」

私は博に頑張ってと言う。私は聞こえているかどうかわからないと思いながら言うが、博は聞こえていたに違いない。


十一時過ぎ、神父様が来てくださった。

「天にまします我らの父よ。めでたし聖寵満ち満てるマリア。イエズスさま。マリアさま。ヨゼフさま……」

澤神は博の手を握ってくださる。二回くり返される。皆で、主の祈りと天使祝詞を祈る。

「皆さん交替で附くようにしたら？　澄江さんにも休んでもらうように」

廊下に出て、神父様はソファーに座られる。中野の方で葬儀とそれから何かあって、その後、千葉の方へ行かれたとのことで、とても疲れていらっしゃる様子。私は経過を話す。「澄江さんも少しお休みなさい」と言ってくださる。

顥子さんと裕子さんの二人は教会に、神父様と。あきちゃんは遅くまでいてくれたが帰る。椎名さんと真君が残ってくれる。看護婦さんがベッドの傍に簡易ベッドを置いてくれる。私はすぐ寝入る。

寝入る時、真君が博の枕の横で読んでくれている詩篇（聖書の中の祈りの詩）が聞こえていた。

…………

十一月二十一日（水）

「くじさん！」

博を呼ぶ真君の声。ぱっと起きる。博に何かあった。呼吸をしていないようだ。

私は頭を抱きかかえる。

「博、博。神さまのところへ行くの。博」

呼吸がだんだん、途切れて、間隔があいて……もう次の……。博のお顔は真っ白で力が抜けていく。消えちゃう、博が、みんな……。

「博、ありがとう、ありがとう、博、ありがとう。いってらっしゃい。一番いいところ。博の好きなイエズス様のところね。いつも澄ちゃんのこと見ててね。お祈りしてね。いっていらっしゃい……」

いつの間にか電気がついていた。皆集まってきていた。あきちゃんがうそと言っているのが聞こえた。

「少し診させていただいてよろしいでしょうか。○○と申します」

医者が聴診器を当てる。目に光を当てる。腕時計を見る。

「一時五十五分。確認させていただきました」

私はたぶん同じような言葉をくり返したのだろう。でもその後のことはよく覚えていない。神父様が来てくださったのも……、妹たち（顥子さんと裕子さん）が来てくれたのも、いつなのか……。

お清めが終わると、博の顔は信じられないほど穏やかだった。

「あらぁ」と裕子さんが博を見て、あまり美しいので思わず声を出した。苦しいのか右側を下にして、ずっと体を丸めていた博……。あんなに小さくなってしまったように見えたのに、一七七センチある博の体はすっと伸びて立派に見える。

神父様が「新しい家に寄って行く?」と言ってくださった。葬儀屋さんに駒形の家の方へ回ってくださいと頼んだ。

柩の横に座って、車が駒形の家の前に来た。

「博、新しいお家よ。新しいお家よ……」

悲しくて、涙が止まることなくあふれ続け、泣いていたことしか覚えていない。

教会に着いた。

お聖堂の柩の中の博のお顔は、一段と平和で穏やかだった。今にもまぶたが動いて、目を開きそうだった。

ピエタ像のイエズス様に似ていた。

神父様に言うと、そうだねと言うようにウンと頷いてくださった。

（二十一日の朝）

頭がボーッとしている。

葬儀屋さんのUさんと会って話をする。明日見積もりを持って来るという。

「今日中に転出届を出してください。奥さんのだけ……」

区民でないと、葬儀の費用が出ないそうだ。どうして私のだけ……。

大船に戻る。

私は二人の名前で転出届を出した。私は何か聞かれないかとおどおどしていた。博はもういない。引っ越しは十八日と答えた。私は博と一緒に引っ越した。ずっとずっと必ず一緒。一緒でなければ、いや。私は名前が一緒の転出届がほしかった。保険証も返したくない、二人の名前の。私は保険証は忘れたと言った。

家は、家の中は、見渡すところ、ごちゃごちゃのまま。

ここに博がいた。博が見ていた。亡くなる前、ひげを伸ばして、私が剃ってあげなかったため、ひげを伸ばして私を見ている博の顔が目に浮かぶ。

ここにいた博の姿が……。もういない。もういない。悲しい、悲しい。大声をあげそうになる。本当に私は頭が狂いそうになる。悲しくて、悲しくて……私は狂ってしまう……。

「ひろ……」

ふと私を包むような何かを感じ、私は博の名を呼ぶ。

「博、来てくれたの。ここにいるの博。博。――さあ行くよ、博。さあ、時間よ、間に合わない。行こう、博」

私は博に話しかける。

博がいる。神さまのところに行った博。そして私のところにいる博。私のために祈り、私を守ってくれると言った博。私は大声で博に話しかける。

「博、行こう」

道を歩きながらずっと話しかける。私は博と話しながら駅へ向かう。博がいてくれる。博に守られながら、私は電車の中で眠ってしまう。博に守られながら。

博と青森に住んでいた時、鎌倉によく帰ってきた。まだ新幹線もなくて、夜中ずっと座っていたこともあった。私は眠ってしまった。私が眠っている間、博は私のそばで、きっとずっと起きていた。博が起きて守っていてくれるから私は安心……。

秋葉原から教会へ続く道。

よく博とここを歩いたという悲しい道ではもうない。今日も博と一緒に教会へ向かう道。博の後ろ頭が、楽しい、楽しいと言っている。

「もうすぐ教会、博。おかしい、あそこ（教会のお聖堂）にいるのは誰かしらね、博」

お聖堂の柩に横たわっているのが誰か、私はおかしかった。

十一月二十二日（木）

柩の博のところにポインセチアをもう一つ家から持って来る。博が帰って来るからと思って、一番大きいのではない。私は何故か嬉しい。

神父様が「久慈さんが長くお聖堂にいてくれるのがいいですね」と言ってくださる。

「神父様、昨日鎌倉に帰って、片づけていると、主人がここに座っていたとか、私を見ていたとか思い出して、悲しくて悲しくてたまらなくなりました。でも、ふと『来てくれたの、いたの』と話しかけて、『さあ行こう、時間よ』と言って、教会までずっと話しながら来ました」

――私が「来てくれたの」と言った時、神父様の目が急にニコッと輝いて、唇が微笑んだ。――「そうすると、あそこ（お聖堂）に横たわっているのは誰かしらって話したり……亡骸という字は亡くなると骸骨の骸って書きますよね。でも無いと殻じゃないかしらと思ったんです」と言ったら、神父様もウンと言っていた。

私は、サン＝テグジュペリの幼くして亡くなった弟のことを思い出す。弟のフランソワは亡くなる前に「いらないよ、抜け殻なんて」と言ったと、どこかに書いてあった。

私には博がいたところだから尊い感じもするけど……。

夜は、遅くまで、真君たちとサルヴェ・レジナを練習する。なかなか上手く音程がとれないというので、神父様に頼んで、テープに吹き込んでいただく。神父様は少し風邪ぎみで、声が嗄れているが、いつものお聖堂に響きわたる声に聴き入ってしまう。ピアノの前に座って、途切れないようにと手を滑らかに大きく回しながら、楽しそうに教えてくださる。

サルヴェ・レジナを聴いていると、博がくり返しくり返し、結婚式のテープをすり減るまで聴いていたことを思い出す。本当に嬉しかったのだ。博は、本当に嬉しかったのだ。あの博を思い出すと悲しくなる。あの頃、神父様が、博が私のことをこう言っていたと話してくださった。

「イエズス様がくださった一番いい贈り物ですと、あの方は仰っていましたよ」と。

そういえば、コピーまでとったのに、あのテープは今どこにいってしまったのだろうか、わからない。

十一月二十三日(金)

いかに幸いなことでしょう
弱いものに思いやりのある人は。
災いのふりかかるとき

主はその人を逃れさせてくださいます。

主よ、その人を守って命を得させ
　この地で幸せにしてください。
貪欲な敵に引き渡さないでください。
主よ、その人が病の床にあるとき、支え
力を失って伏すとき、立ち直らせてください。

わたしは申します。
「主よ、憐れんでください。
　あなたに罪を犯したわたしを癒してください。」
敵はわたしを苦しめようとして言います。
「早く死んでその名も消えうせるがよい。」
見舞いに来れば、むなしいことを言いますが
心に悪意を満たし、外に出ればそれを口にします。

わたしを憎む者は皆、集まってささやき
わたしに災いを謀っています。
「呪いに取りつかれて床に就いた。
二度と起き上がれまい。」
わたしの信頼していた仲間
わたしのパンを食べる者が
　威張ってわたしを足げにします。

…………

どうか、無垢なわたしを支え
とこしえに、御前に立たせてください。

　主をたたえよ、イスラエルの神を
世々とこしえに。
アーメン、アーメン。

（詩篇41）

真君――博がイエズス様のところへ行くまで、枕元に座ってずっと、たぶん二時間近くも、詩篇を読み続けていてくれた真君が、話してくれた。

「皆がいる時、澄江さんが読んでいる詩篇の読み方が子守歌のように聞こえた。それを聞いていると久慈さんが嬉しそうだったので、僕も子守歌のように聞こえるようにしようと思ったんです。

終わりにアーメン、アーメンというところがあるでしょ。僕が言うと、アーと言うんだ。

読んでいると、一区切りずつ、ウーと唱和するように言っていた。僕がどこを読もうかと探すと、催促するみたいにウーと言うんだ。ずっと一緒に祈っていた。

ウーと言うのがだんだん呼吸になった。一区切り読むと、それにこたえて息を吐く（今思うと、十字架上のイエスさまみたいに、一呼吸、一呼吸が神さまへのこたえみたいだった）。

静かになって眠るのかな――眠ったら、また元気になって起きるみたいに――と思ったら……」

（今、私はわかる。博はいつもそうだった。私が詩篇を読むと、じっと聴き入り、いいねと言うのだった。私が博の好きな歌を歌うと、聴きながら、ウンと言うのだった。それは、いいね、嬉しいと言っているように思えて、私も嬉しかった。あの時と同じように博は真君の詩篇にこたえていたんだ。あの時の博と同じに……。

もう意識がないと思っていた博のそばで、博が好きだった詩篇を読み続けてくれた真君。真君のおかげで、博は本当に幸せな中でイエズス様のところへ行くことができたと、いくら感謝してもしきれない。一生私は忘れることはないだろう。」

――晩のお通夜の準備。

歌を決める。直子さんが時間を割《さ》いて、私の希望を聞いたり、いろいろ準備してくれる。私は明るくいきたい。『主よみもとに』と『いつくしみ深き』だけは絶対やめてほしいと言う。これで別れは決定的だと歌っているようだから。神父様も何か嬉しそう。『喜びに心をはずませ、神の家に行こう』を選んだ。神父様に

「喜びなんて、ふさわしくないでしょうか」と言うと、「いいんじゃないですか。奈次雄パパ（聖歌隊を指揮している荒井さん）も今、葬儀の新しい歌を編集しているところなんですが、澄江さんが喜びに変えちゃおうというんです」と周りの人に聞こえるように仰っている。いいな。いいな。

一度家へ帰らなければ（昨夜は顕子さんたちと教会に泊まった）。早く帰りたいが、隣のビルの印刷屋の吉谷さんに皆に配るカードを頼んだままで悪いな。気になるので寄っていく。見本の素敵なカードができていた。「一時にまた参ります」と言うと、一枚くださった。私は嬉しくてたまらない。とってもとっても素敵だったから。博の写真も笑顔も。

お通夜には、博が喜んでくれるような本当に沢山の方が来てくださった。お聖堂の後ろまでいっぱいだった。誰が知らせてくれたのだろう。飯塚さん（二十年来の友達）も来てくれていた。ユリヤさんと綾子ママが生けてくださったお花が一面に輝き、何か明るくとても美しかった。真君と啓君（真君の双子の兄弟）と圭太郎君がギターを奏でながら、『主は我が牧者なり』を三部合唱で静かに博のために歌ってくれた。神父様の感謝の祭儀の時のお声は朗々として素晴らしく、胸に深く響いた。お話の中で「博一さんは、離れてどこかにいなくなってしまったのではない。……澄江さんは今、前にも増して博一さんと一緒なのを感じる」と言ってくださった。

真君が献花の時、博の傍で読んでくれていた詩篇の42篇と43篇を読んでくれた。

涸れた谷に鹿が水を求めるように
神よ、わたしの魂はあなたを求める。
神に、命の神に、わたしの魂は渇く。
いつ御前に出て
　神の御顔を仰ぐことができるのか。
昼も夜も、わたしの糧は涙ばかり。
人は絶え間なく言う
「お前の神はどこにいる」と。

わたしは魂を注ぎ出し、思い起こす。

喜び歌い感謝をささげる声の中を
　祭に集う人の群れと共に進み
神の家に入り、ひれ伏したことを。

　なぜうなだれるのか、
　　わたしの魂よ
なぜ呻くのか。
神を待ち望め。
わたしはなお、告白しよう
「御顔こそ、わたしの救い」と。
わたしの神よ。
……
　　　　　　　　　　(詩篇42)

真君は泣いていた。奈次雄さんが「しっかり読みなさいよ」と励ましていらっしゃった。ありがとう、真君。

……

あなたの光とまことを遣わしてください。
彼らはわたしを導き
聖なる山、あなたのいますところに
　わたしを伴ってくれるでしょう。
神の祭壇にわたしは近づき
わたしの神を喜び祝い
琴を奏でて感謝の歌をうたいます。
神よ、わたしの神よ。

なぜうなだれるのか、わたしの魂よ
なぜ呻くのか。
神を待ち望め。
わたしはなお、告白しよう
「御顔こそ、わたしの救い」と。

わたしの神よ。

（詩篇43）

十一月二十四日（土）

朝、お聖堂に行くとローソクが灯してある。神父様はきっと夜中も長い時間、博のそばにいてくださったに違いない。私は、もっと早く起きて博のそばにいてあげたいと思うが、どうしても起きられない。

朝のミサ。

福音書はルカの20章だった。

復活するのにふさわしいとされた人々は、もはや死ぬことがない。天使に等しい者であり、復活にあずかる者として、神の子だからである。

（ルカ20・36）

天使に等しいもの。今まで目に止まったことがないみことばがぱっと目に入る。こんなこと偶然といえるだろうか。

主だ。主のみ声だ。やっぱり博が天使なんだ。

神父様も「今朝のみことば。澄江さんの言った通りなんですね。私も今まであまり心に止まらなかったんですが……」と仰ってくださった。

葬儀の時が近づいてくる。

今日で本当に行ってしまうという思いが湧いてくる。この悲しみをどうすればいいのだろう。今日はお聖堂の博の前で静かに祈りたい。

ミサの打合わせに時間が過ぎていく。

駒形の家に帰る。

ノエルはやっぱり布団と毛布の間にもぐり込んでいる。ジョジョは押入れの奥の方のバスケットの中に縮こまっている。ノエルは痩せた。ここへ来てから外へ出たこともない。周囲は車の多い往来で、これからも出られないかもしれない。

ああ、可哀そうだ。

ごめんね。行かなくちゃ。

ポインセチアを三つ、鉢に残った方の形が良くなるようにと考えながら切る。博が戻ってくるのだから、私と一緒にいるのだから。

今日送るのは誰だろう。何で私はポインセチアを持って行くのだろう。そうだ。私を忘れてほしくないから、かしら。

シクラメンも五本。「博、ほら可愛いでしょ」と言いたかったシクラメン。葉っぱは三本にしよう。博は九が好きだ。競馬の世界では九が一番良いとか。生まれたのは九月九日の九時とよく言っていた。四と十は好きじゃなかった。

教会にいる博が行ってしまう。何とかしなければ。私は今日はどうしても祈らなければならないような思いにかられた。

喪服に着替えて、博の前にひざまずく。早く書かなければと乱雑な字で書き留め始める。

《主よ、

あなたのもとに呼ばれた久慈博一を、私のようなものと引き合わせ、共に過ごさせてくださいましたことを心から感謝いたします。

彼がみもとに帰る今、過ぎ去った幸せをあらためてかみしめております。本当にありがとうございました。

彼がこちらにおります間、住まわせてくださった大切な体を、今主にお返し致します。

彼がひたすら愛し続けたイエズスさま、主であるあなたが、彼をみもとにお迎えくださったことを確信いたします。

あなたのもとで自由に歩き回り、もう苦しむこともない幸せの中にいられることを思うと、悲しみも喜びに変わる思いがいたします。

主よ、どうぞ彼をあなたのみもとで憩わせてください。

主よ、主が再び彼を、私と、私たちを見守る天使としてお送りくださったことを確かなこととして信じております。

どうか私たちが、みもとに行く時まで、主の道を歩みたいと願っている私たちを、これからも守り、お導きください。》

私は、私のようなものと書いた時、泣きそうになった。大切な体――無殻なんだと思ったけど、やっぱり博が住んでいたところだから大切なものに思われた。私は読み返して泣きそうだったから、裏に〈ひろ、一緒に祈ってね、泣かないように〉と大きい字で書いた。

どうしても、お別れの時に、皆でお花をあげる前に祈りたかった。悲しみに沈まないように。


ミサは静かだった。

神父様のお話はとても嬉しかった。

「博一さんと澄江さんの間柄を見ると、ただ悲しいのではない。……今朝御一緒にミサを捧《ささ》げていると、『彼らはもう死ぬことはない。天使と同じものになる』という聖書のみことばが書かれてありました。部屋で引っ越しの片づけをしていると、ご主人がここに座っていたとか、ここで見ていたとか、これを使っていたとか、悲しみがこみ上げてくるが、これから先を見ると、博一さんは澄江さんを守り、導いてくださる天使のように思えてくる……」

博は行ってしまったのではない。また戻ってきてくれた。私のそばにいつもいてくれる。

富慈子さんの歌声は静かで、悲しいほど美しく澄んでいた。

感謝の祭儀の時、神父様は咳が出そうな感じで、時々声がつまった。大丈夫かしら。

ミサの間、私は涙は出なかった。

席につく時、写真を撮らなかったことに気がついた。こんなに花に囲まれた美しい祭壇、どうしても写しておきたい。真君を捜したが見つからない。ミサが終わって、お別れが始まる時、私はちょっと待ってくださいと言って真君を手招きした。不謹慎と思われるかしらと思ったが、博なら許してくれるだろう。真君は四、五枚撮ってくれたようだ。初めから気がつけばよかった。もっと撮ってもらえばよかった。


「主人は亡くなる前はほとんど言葉が聞き取れなくなっていましたが、皆様が来てくださると『ウレシイ』と『アリガタイ』をくり返しておりました。毎日のように神父様がいらしてくださり、ご聖体をいただき、真君の読んでくれる詩篇を聞きながら、この上なく幸せな中でイエズス様のところへ参りました」

昨夜のお通夜で、遺族の挨拶の時、私はこう話した。どうしても、今日話したいと思っていたことがあって、私は全部話さずにとっておいた。

「イエズス様のところへ行く前に、主人と『行ったら、また、私のところへ天使になって戻ってきてちょうだい。私はバカだから、一人だととんでもない方へ行ってしまうかもしれないから。いつも私のそばにいて守ってちょうだい』と約束しました。今日も一緒にここへ参りました。これからもいつも一緒に参りますので、よろしくお願い致します」

と今日の挨拶の時話した。

博の写真を胸にしてお聖堂を出る時、朝来君（真君の友だち）の弾いてくれる澄んだヴァイオリンが聞こえていた。


今朝、お聖堂で博の前で祈っている時、突然、博が本当に聖く尊い人に思われた。恐ろしい程だった。

名誉も、着る物も、住む所も、食べることにも全く興味がなかった。人から笑われ、ばかにされることを望んでいた博（彼がよくばかにされるのを望んでいると話すのを皆笑いながら聞いていた）。

誰とでも友達になって、大らかで、ユーモアにあふれていた博。

悪いという思いが博にはない。日頃、博は口ぐせのようによく言っていた。「僕、子供だもん」「私は人は信じない」「神さまだけ」「イエズス様が一番」「祈ることだ、祈ることだ」とくり返し言っていた博。

車椅子になってからの十年間、毎日、私の帰りを待ちながら、ひたすら祈り続けていた博。

私のために、故郷での仕事も、友達も、故郷までも捨ててくれた博（結婚後、私たちは博の仕事のため、博の故郷の青森に移り住み、六年余り過したが、私はどうしても土地に馴染むことができず、私の実家のある鎌倉に戻ってきた）。そのために私の家族から冷たい目で見られるようになってしまった博。博はその頃から足も弱くなってきていた。

どんなに雨が降っても、雪が降っても、あれ程行きたかった教会。こよなく愛するイエズス様の教会で倒れ、病院に運ばれた博。毎日、神父様にご聖体を授けていただき、たくさんのお見舞の方たちに囲まれていた博。十日後に戻ってきたのは、やっぱり一番好きなイエズス様がいらっしゃるこの教会だった。

私は自分が急に醜く、汚れたものに思われた。

あの人は本当に聖い人かもしれない。

その人が、私のようなもののところに来てくれたなんて、私は本当におののく思いがした。

火葬場に着くと、すぐに窯の前に行かされた。何の猶予もない。少し待ってと言いたかった。が、無情にも直ちに祈りが始まった。有無なく直ちに首を切られる者のようだった。私はやっぱり涙が出た。神さま、お返ししますと心でくり返した。

私は柩の小さな窓から博のお顔を見た。

「ありがとう、博、ありがとう。イエズス様、ありがとうございます。博、行っていらっしゃい」と言うと、皆も大きな声で、次々と行っていらっしゃいと言った。誰も、さようならと言わなかった。

神さまのところへ帰っていく、ゴーゴーと火が燃えあがる音。

神さま、お返し致します。

殻、抜け殻……。

――博は今ここに、私のところにいる。

今、私は博のお骨《こつ》の前で、博の写真を見つめている。

お骨、お骨、これは何だろう。

しるし、博がここにいたしるし。私のところに来てくれた証しを残してくれたんだ。

部屋にいた博を思うと、やっぱり悲しくなる。もう博はいないと思うと無性に寂しくて、叫びたくなる。じっと、じーっと写真を見つめていると、私は博のことをどうしても書いて、伝えようという思いが湧いてくる。博にありがとうと言いたいたくさんのことのために。博に謝りたいたくさんのことのために。

私は悲しみを忘れることができるだろうか。博は、博はきっと喜んでくれるだろう。

十一月二十五日（日）

六時半に目が覚める。

家に帰る。博に話しかけながら。私は「ひろ天使」と呼んだりする。

家に着くとボーッとする。ノエルとジョジョを抱いてなでてやる。もっとずっとと思うが、また行かなければ。でもバッグの中のものを出したり、どこに置こうかと迷ったり、どんどん時間が過ぎていく。

博がいつも言っていた。

「早く、時間前に着くように」

でも、私は浅草教会へ行く時、いつも遅れた。いつの頃からか、博は「いいよ。遅くなったって」と言うようになった。私を気遣ってくれたのだろうか。

十時半に教会に着く。

一番後ろに椅子を持ってきて座る。博が隣にいないと思ってこみあげる悲しみを抑えて、「博、来たね」とひろ天使に話す。

ご聖体拝領（キリストの体であるパンをいただくこと）も一人だ。いつも車椅子の博を押して、一緒に前に進んだのに。やっぱりちょっと悲しくなる。

「ひろ、一緒にいるね」

『ぶどう園』には博の小さな写真を飾った。

昨日斎場から帰って来た時、皆でお寿司を食べていると、全身に骨の癌が広がっているという白髪の女の人が、オルガニストのれい子さんと別のもう一人の奥さんと一緒に、窓の近くに座っていた。神父様に勧められてか、私たちのテーブルに一緒に座った。

その方が今日、ユリヤさんに案内されてぶどう園にいらした。Uさんと仰る方で、教会には昨日初めていらしたようだ。

「私はどうして今ここにいるのか、何が何だかわかりません」と言って、ご自分のことを話された。

「私ははっきりしないのはいやで、『先生、はっきり言ってください』と申しました。骨だけ写るという、とてもお金がかかる高い検査を受けました。先生は絶句していました。骨の癌だったんです。半年間も肋間神経痛だと言われていました。人は皆、早い遅いはあるけれど、いろいろな他の病気も癌も同じだと思うんです。ただ痛みさえなければいいんです」

「お強い方ですね」と私が言うと、「いえ、何かに頼りたくて、カトリックに入りたくて」と仰った。浜ちゃんが「お祈りしています」と言うと涙ぐんでいた。

昨日は博の葬儀の日。今ここには、奥さんを癌で亡くしたNさんもいる。今日はやはり癌で亡くなったSさんの納骨の日……。Uさんとの出会い――とても偶然とは思えない。

「御国《みくに》（天国）って何ですか」

「ここですか、あそことか、亡くなってから行くという場所じゃなくて、神さまがいらっしゃって、とてもとてもよいところ、安らぎのあるところだと思います」と言うと、Uさんも「私も今日、何だか安らぎを感じることができました」と、嬉しそうな顔をされた。

真君が、「久慈さん、働いているよ」と私に言う。

十一月二十六日（月）

朝の祈り、朝のミサ。

終わると急いで、近くのコンビニへ玉子とスープを買いに行く。玉子と昨日残っていた大根の葉を刻んで混ぜて……おいしいだろうな。さっと料理する自分を、私は何だか嬉しくなった。

神父様、渡辺神父様、真君、あきちゃん、直子さん。一緒の朝食、にぎやかで楽しかった。

鎌倉の家に帰る。明日は引っ越し。

片づけていると、博のことが思い浮かび、いないことが悲しくて、名前を呼んで、抑えられなくて泣き声をあげてしまう。でもすぐ「ひろ天使」と呼びかける。

——ひろもここにいるよ。

とひろ天使が答える。

半分悲しい気持ちがどうしてもなくならない。早く行きたいよ、ひろのところに。私を呼んでよ。

帰り道。

夜遅くなった。浅草橋から暗い道を歩きながら、自分の生きる意味を見つけられず、生きている意味はないという思いでいっぱいになる。行きたいひろのところへ。ひろと会いたい。ひろと一緒にいたいと話す。私が生きている意味はひろだったのだ。

「神さまのために生きて」という声が聞こえるような気がした。でも、まだ私を奪い立たせてはくれない。

仕方なく私は生きている。ひろがいないのだから。天使のひろはいるけれど。

「いっしょにいてよ、ひろ。いつも私と、ひろ天使。あなたは神さまのためによく歩いたね。お祈りしたり、病人のお見舞に行ったり。よく歩いていたね。みんなひろが行くと、喜んでくれたね。よく笑ったね。ひろの話が面白くて……。ひろのこと温かい人だって、いつか澤神が言ってた」

十一月二十七日（火）

引っ越しの車は九時。

私が着いた時、七時十分前だった。私は焦って焦って、博がいないという思いで、悲しくて空しくて、沈んだ気持ちで荷造りをやっていた。

はす向かいのTさんが「布団が外に出ているけど、ウロウロしている人がいるから」と声をかけてくれる。Tさんには、こっちに住んでいる間、たくさんお花をもらったり、いろいろ教えてもらったり、お世話になった。

「お花、どれでももらっていただけるものがあったらどうぞ。バラも、桜も……」

桜も、と言って後悔した。引っ越し屋さんが来た時、外へ出てみると、桜はもうなくなっていた。桜は欲しかった。毎年、「ひろ、桜が咲いたわね」と言いたかった。大船の家の思い出を残しておきたかった。他に、他に何かあるだろうか。

駒形の家に着いた。

大船のあの暗い部屋。一日中日も当たらず、天井も暗い部屋。二階に上がることもなく、毎日毎日、あそこにひろはいた。幸せだったろうか、ひろは。今の家の壁の白さ、部屋の明るさを見て、私はとてもとても悲しかった。

「ひろ、幸せだった?」

ひろ天使が答えた。

――イエズスさまだけ。――

イエズス様だけだったひろ。私はきっとひろは、幸せを感じていてくれたと思いたい。

今日は疲れて、気持ちが沈んでいた。

十一月二十八日（水）

朝、私はサンルームのポインセチアの前に座っていた。

何をしていたのだろう。覚えていない……。

わかった！

あの時ひろが言っていたのは「イエズス」だったんだ。

イエズスの「い」、いのりの「い」。

私は涙があふれてきた。嬉しくて、嬉しくて。今まで悲しくて泣いた涙を全部足しても足りないくらい、どっと涙があふれてきた。

あの時、私は電話をかけることに精一杯だった。

「誰か電話したい人いる？」

博は、何度も何度も言った。今、思い出した。「〇ーフ、〇ーフ」と聞こえた。短い名前。下に「フ」がつく人。日本人？　アジアの人？　ヨーロッパの人？　フランス人？　イタリア人？　修道者？　私は次々と博に聞いた。博はみんな首を振る。イタリア人だけそのように思ったので、私は頭の中で、イタリア人で修道者じゃない人、イタリア人で修道者じゃない人……とくり返し思いめぐらした。

「い」のつく人……いない、そんな人いない。きっと私はこのまま一生わからない。

あの時、博が私をじっと見つめていた目。悲しそうで、びっしょりと汗をかいて、苦しそうに全身で息をしながら……、わかってくれないのとあきらめたような、でも、どうしても言いたいというその目。

日々のことに追われ、疲れて、それでもやらなければと、私が動き回っている時、博はいつも言うのだった。

「大切なのはイエズスだけ。祈ることだ。祈ることだ」

「ひろ天使、イエズスだったの」

――そうだよ。今わかったの――

ひろ天使はニコニコしていた。

「い」――「い」はイエズスの「い」。祈りの「い」。いちばんの「い」。

ありがとうひろ、ありがとう。

私は軽やかに跳ねるような気分で教会に向かった。朝ミサの後、皆に「やっとわかりました。彼が最後に私に言ったことば」と話すと、皆もいい話聞いたと言ってくれた。神父様も、そうだったのというように、ウーンと嬉しそうな声を出された。

荷物だけ引っ越ししてしまった大船の部屋はごみの山。片づけていくと、ここに引っ越してきた時の、これから二人でここに住むんだというささやかな期待を抱いて見回したあの時の、こぢんまりとした部屋が見えてきた。すべてが夢のようだ。私にとっては家族とのつながりも切れ、仕事と日々の生活に追われていた八年間だ。私は博に言わなかった。幸せだとは。博は、博は幸せだっただろうか。博の幸せは、私が幸せであることだったに違いない。

ここで暮らした八年間。この部屋で、毎日私の帰りを待ちながら、ひたすらイエズスを思い祈り続けていた博。仕事の途中で電話すると、きっと「祈っているからね」と言ってくれた博。私が不機嫌になると、いつもきっと博が先に謝ってくれた（博、本当にごめんなさい）。機嫌を直して私が笑うと「澄ちゃん笑うといちばん可愛い」と言ってくれた博。イエズスさまのところへ帰る前、何度も「スミチャンガイルトイチバンイイ」と言ってくれた博。イエズスさまに守られて、幸せだったと思いたい。博は私なんかの思いをきっと、きっと超えていたんだ。すべてが八年前に戻る。何もなくなる。でも博は、今、私のそばに。博は天使だもの。

「ね、ひろ天使、ここにいるよね。ありがとう」

博の最後のことば「イエズス」をくり返しくり返しかみしめる。力のことば——。

ひろ天使との会話　一

子供たちをわたしのところに来させなさい。
天の国はこのような者たちのものである。
（マタイ19・14）

＊＊＊

「ひろ、夜の詩篇を読む集まり、行こうか、どうしようか」

——行こう。行きたい——

「うん、行こうね」

——真君に、ありがとうって言って——

神父様は「今日もお二人でよくいらっしゃいました」と言ってくださった。嬉しかった。

(初めて参加したこの日の詩篇は、偶然、42篇だった)

＊＊＊

博《ひろ》が最後に着ていた物を洗濯する。

新しい部屋に置いたテーブルを拭く。

傷跡も残しておきたい、この汚れも
彼の座っていたテーブルの
——泣かないでよ、澄ちゃん。約束したでしょ。明るく、幸せにしてるって——

＊＊＊

ひろが具合が悪くなってから初めての雨。

昨夜、ノエルとジョジョが大げんかをした。小さかったジョジョが生まれて初めて、怒りのうなり声を出した。立場が逆転して、6キロもある体のノエルが天袋に逃げ込んだ。ギャーという声は、近所の人も驚いたに違いない。虐待していると思われるのではないかと、私は焦った。ジョジョを誰かにもらってもらうしかないと考えるが、ノエルとジョジョを大事にしてとひろが言っているし、

「ひろ、何とかしてよ」

——お祈りしなさい——

「そんなこと言ったたって」

ひろ天使が言うので、ミサの後、お祈りする。

――散歩したらいいかもしれないよ――

そうだ、狭い部屋にとじ込められて、発散できないでいるだろうし……。私はジョジョをバスケットに入れて教会に連れていく。黒目を大きくしておとなしくしている。

ジョジョを膝にのせてなでていたら、気持ちよさそうにしている。幸せそうだ。

――可愛がってやることだね――

よかった。それからなんとか落ち着いている。

＊＊＊

夜、聖歌隊の練習を終わって、家へ。

歩きながら、だれも待っていない部屋を思い、空しく悲しくなる。

――ここにいるよ――

――いるよ――

ひろは何度も言ってくれる。いない部屋を思うのはやめた。ずっとひろがいる。ずっと今、いつも今、今、今、ひろと一緒。ひろと話している。不思議。

＊＊＊

夜の江戸通り。車の音と視界いっぱいの大きなライトが次々に近づいてくる。今一歩踏み出せば、行けるんだ。ひろのところに。

＊＊＊

区役所から年金手帳を返却してくださいという手紙が届く。博の名前のある手帳。返したくない。ＮＨＫのハガキも博の名前。どんなことしたって、もう帰って来ないんだ。

どんなことしたって、もう二度と帰って来ないんだ。
――ここにいるよ。ここにいるよ、澄ちゃん――

＊　＊　＊

浜ちゃんがハガキをくれた。

……澄江さんのことを心配しています。ひろ天使に澄江さんをつれていかないでと言っています……

＊　＊　＊

朝ミサに行く道。博と歩いていくはずだった道。
――今、歩いているでしょ――

夕の祈り。ついひと月前まで、お祈りの最後にはいつも「神さま、博をお守りください。ノッチャンとジョッチャンもお守りください」とお祈りしていた。そうすると、博はきっとフフンと嬉しそうに言っていた。

「いつもひろをお守りください」と祈ると、ひろ天使は笑っていた。

——嬉しいよ、澄ちゃん——

＊＊＊

聖母マリアの無原罪の祝日。

目が覚めたのは七時十五分前、跳び起きて、七、八分前に家を出る。なんかふらふらしているようだ。私は小走りで急ぐ。

——気をつけなさい！——

＊＊＊

神父様の誕生日。

皆が台所で食べていると、神父様が病気の方のお見舞から帰っていらした。

「今日も『天使のお話』をしてきましたよ」と嬉しそう。

神父様にひろのダウンのジャケットをさしあげた。

「ひろ天使がお見舞ありがとうございますと言っています。お見舞にいらっしゃる時、自転車で風を切って寒いですから、これを着ていらっしゃってください。どなたかさしあげたい方がいらっしゃれば、神父様にお任せします」

――よかった。よかった――

皆もよかったと言っていた。

数日も経たないうちに、ほしいという方が現れた。

「神父様も喜んでくださると思ったのに」

――神父さまが一番喜んでいらっしゃるのは、僕がイエズス様の《み名》を呼ぶようになったことだよ――

神父様にひろ天使がこう言っていましたと話すと、何とも言えない嬉しそうなお顔をなさった。

＊＊＊

朝、あの日の博のことを思い出す。私は、電話をかけたり、ファックスを送りに行ったりして、ベッドのところへ戻って行くと、博はとても嬉しそうだった。

「あの時、寂しかった」

——あの時は、いてほしかった——

——今は、今は人の中にいるよ。ひろだと思って大事にして。(人の中に)イエズス様を見ればもっといいよ——

＊＊＊

「ひろ、どうして死んじゃったのよー」

――もっと大きい命に生きるためだよ――

もっと大きい命、もっと大きい命……、謎のようなことばを私はくり返す。

「脱皮するみたいに？」

脱皮という言葉がおかしくて、一人で笑ってしまった。私たち脱皮していくんだ。今の体、今の命を脱ぎ捨てて、もっと大きな命へ。

「ひろ、いつ脱皮できるの？」

――時が来たらね――

＊＊＊

クリスマス。

神さまのひとり子が赤ちゃんになって来てくださる日。まっ白なノエルの日。

クリスマスのミサ、教会は慌しく忙しそうだった。人が大勢来た。

「ひろは静かなのが好きだったね」

帰ってきて、顥子さんがくださったローソクを灯し、『しずけき（聖夜）』を歌った。

とても、とても悲しかった。

「博、悲しいよ」

――ここにいるよ――

「いてね。澄ちゃんのところに。ここ、ここにいてね」

翌日の十時のミサ。

指揮者もオルガンの伴奏もない静かなミサ。

「静かで良かったね、ひろ」

――うん――

ミサの後、昨夜の共同祈願の時、もたもたしたことの恥ずかしさが消えない。

ひろに言うと、

――人から笑われ、ばかにされる人は幸い――

と言う。ひろがこちら（地上）にいる時は、何か言い返したが、今はひろが言うことが全て真実に思える。

＊＊＊

朝、ミサの後、香部屋《こうべや》（ミサの時使う物を納めてある部屋）の物を洗ってアイロンをかけた。博がいつも座っていた『ぶどう園』のテーブルで。博の座っていた場所からは大きな窓の向こうに緑の庭が見える。広いサンルームのようなロビーで、こうしてアイロンをかける私の姿を、博は時々静かに嬉しそうに見ていた。

祈る私。イエズス様のために祈りながら何かしている私。博が望んでいたのは、今、私がそうしているように、毎日この教会へ来て、祈り、人と語ることだったのだろう。私と一緒に。

——今、いるよ——

「ひろ、ありがとう、ここにいてくれて。大船だったら、私、今、どうなっていたかわからない」

大船の博の姿が思い浮かぶ。悲しい。

——思い出しちゃだめだ。

悲しくなるなら思い出さないでよ。今だよ。あの時じゃない。今だよ、今、ひろがいるでしょ。泣いていたらおかしいでしょ――

＊　＊　＊

――ひろはここにいるよ。

本当のひろは思い出の中じゃない。ここだよ。ご聖体のイエズス様のところ――

「ご聖体のイエズス様。どんなものよりも確かな『いる』」

――澄ちゃんが行くべきところ、やるべきこと、会うべき人、そこに僕もいるよ――

「ひろは本当に人が好きで、人を大事にしていたものね」

＊＊＊

「ひろは天使になって、私のところに来てくれたけど、私は誰も待っていてくれる人はいない。どこに行けばいいの」

――神さまが行きなさいっていうところ。たくさんたくさん待っている人がいるんだ。神さまが大切にしてくださっているひとりひとり……――

「脱皮すると蝶々になるの」

――まだ、蝶々じゃないんだよ。

大丈夫だよ。もう本当に泣くことがないその時が来るまで、神さまはひとりひとりを慈しんで、守ってくださっているんだ。ひろが澄ちゃんのそばにいるみたいに。ひとりひとりをあの手この手でしっかりと守ってくださっているんだから――

＊＊＊

「ひろ、時々、神さまは私（博のこと）のところになんか来てくれないと思っているって言っていたね。どうして」

――……――

＊＊＊

聖歌隊の滝口さんが、二月に国技館で「五〇〇〇人の第九コンサート」があるという。今からでも参加できるようだ。嬉しい。今年の鎌倉芸術館では歌えなかったけど、二月にあるなんて夢みたい。

「ひろ、いつも第九の練習だけは『行ってらっしゃい』って言ってくれたよね」

――よかったね。澄ちゃんが嬉しいと、ひろも嬉しい――

＊＊＊

元旦。

博と一緒の去年と同じようにおせちをお皿に盛り、お雑煮をお椀に盛ってテーブルに並べる。博の好きなきんとんを小皿に盛って、「ひろ、おめでとう」と言うと、悲しくて涙がこぼれる。

＊＊＊

ご聖体の前で祈る。

ひろは本当にいるのだろうか、ここに。イエズス様のところに。ご聖体だけは絶対だ。偽らない。確かにここにいらっしゃる。二千年も人々が信じてきたのだもの。二千年もの間、ご聖体のイエズス様を信じ、たくさんの人が命を捧げてきたのだもの。

いつか読んだ中原中也の詩が浮かんでくる。
〈愛するものが死んだ時には、
自殺しなけあなりません。……〉
ロミオとジュリエット。ジュリエットも死んでしまった。

＊　＊　＊

二日のミサのみことば！

初めから聞いていたことが、あなたがたの内にいつもあるならば、あなたがたも御子の内に、また御父の内にいつもいるでしょう。……以上、あなた方を惑わせようとしている者たちについて書いてきました。

（一ヨハネ2・24－26）

死後の世界は本当にあるのだろうか。誰が証明してくれるのだろうか。みんな思い込みだ。勝手に空想しているのだ。私は、博の写真を胸に布団で死んでいる自分を思う。悲しくて大声で泣く。誰が証明してくれるの。

みことばを写そう。気が狂わないために。

初めから聞いていたことが、あなたがたの内にいつもあるならば、あなたがたも御子の内に、また御父の内にいつもいるでしょう。これこそ御子が私たちに約束された約束、永遠の命です。

＊＊＊

ジュリアーノさん（福音の兄弟会という修道会の兄弟）がニューヨークから手紙をくれた。私のことをとても心配してくれている。

博がまだ歩けた頃、ジュリアーノさんに案内されて、三人でパリやベルギーのブルージュなどを散歩したことを思い出す。日本にいた時もよく家に泊まりに来てくれて、博と私はまるで天使を迎えるように楽しかった。

＊＊＊

部屋に三十年間、飾ってあるピエタのマリア様（ミケランジェロのピエタ像の写真）。十字架で亡くなったイエズス様を抱いていらっしゃる。

私もひろを腕に抱いていた。ひろは私の腕の中でイエズス様のところへ行った。マリア様の腕の中にすっぽりと抱かれているひろ。マリア様の腕の中にすっぽりと抱かれているひろと私。

あの部屋でひとり私を待っていたひろ。きっといつも目の前に掛けられているピエタのマリア様を見ていたにちがいない。

「ひろ、今幸せだよね。マリア様に守られて」

——うん、幸せだよ——

＊＊＊

「ひろ、天国はどんなところ」

——明るくて、温かいんだ——

明るくて温かい。明るくて温かい。

「よかったね、ひろ」

——明るくて温かくて、人がいっぱいいるんだ——

「マリアさまも、ヨゼフさまも、ばあちゃんも？　お父さんも、お母さんも、徳興《のりおき》さん（博の弟）も？」

——うん、お澄の言った通りだよ。みんな温《あった》かくて思いやりがあるんだ——

「いいね、ひろ。ひろは人が好きだから。みんな温かいの？」

私はとてもとても嬉しかった。

＊＊＊

あさってから仕事。できるだろうか。やっていないことがたくさんある。

——いいんだ。無理しないでよ。

大切なことは、イエズス、祈り。

忘れないで、大切なことは、イエズス、祈り——

ひろ天使は、はっきり聞こえるように言う。

＊＊＊

ポインセチアが元気がない。

「ひろ、寂しいよ」

——大丈夫。僕はここにいるよ。赤ちゃんだから、いつもお澄のそばだよ。おんぶしてもらってる天使なんて変だね——

＊＊＊

朝、家を出る時は、いつも博がいた。「いってらっしゃい」と私の方を見ていた。ふと、いるかなと思って部屋の奥をふり返って見るが、いない。とても悲しい。

ひろ天使は何度も「ここにいるよ」と言ってくれるけど。いくらハンカチで拭いても涙が止まらない。今日から仕事。何の意味があるの。

帰り道に教会へ。

――おかえり、澄ちゃん。ご苦労さま、ご苦労さま――

ご聖体のところのひろが言った。

――これから毎日帰りに来てよ――

「うん」

――嬉しい、嬉しい。ひろ待っているから――

＊＊＊

ポインセチアがしおれてきた。今日は四十九日。でも納骨なんて、とてもできない。だれにも触らせない。博、私の博。

――ぜったいにお澄から離れないって言ってるって、皆に話してね――

＊＊＊

あの時からずっと咲いていてくれた最後の一番大きなポインセチア。お聖堂のマリア様の前に飾った。

「クリスマスもお正月も過ぎたのに、ポインセチアが飾ってある。人はヘンに思うでしょうね」

――いいじゃないの。ヘンなのがいいんだよ――

＊＊＊

「第九」を歌った。江戸東京博物館で。

「ひろ、よく行ってらっしゃいって言ってくれたね」

――今もだよ――

＊＊＊

生きてる意味なんかないんだ。仕方なく生きてるんだ。

「ひろ、早く呼んでよ」

——ノエルとジョジョがいるでしょ——

＊＊＊

博のあの時の顔が、写真の博に重なって浮んでくる。必死になって汗を流しながら訴えていた博。イエズス、イエズスと何度も言っていたのに、とうとう聞き分けられなかった。

「ひろ、ありがとう一番、一番大事なことを遺してくれて。あの時わかってあげられなくてごめんね」

——いいよ、今はもう幸せだから。

澄ちゃんのことがみんな見えるから。みんなわかるから。

そばにいるから――

「ひろ、お花、黄色い百合がきれいに咲いたね」

――嬉しい。澄ちゃんがそこに座って、ひろを見ていてくれて――

＊＊＊

昨夜《ゆうべ》、夢でひろが来てくれた。目が覚めたら、ひろが隣にいた。何か話して笑っている。楽しそうだ。ひろが来てくれたと大きな声で言ったら、半分目が覚めたようだ。

今日一日とても嬉しかった。

「ありがとう。ありがとうひろ。

今日も来てね」

＊＊＊

藤沢の母のところへ行った。

母はまあ元気そうだった。父が、最近親爺の夢を見る、と何か寂しそうに言っていた。

私は博のことを話すつもりはない。

＊＊＊

ポインセチアがしおれてきた。

「ひろ、日曜日まで頑張って。神父様の金祝よ（神父になって五十周年の祝い）。頑張って」

一月二十日。神父様の金祝。

お聖堂のお花もきれい。人も大勢かけつけて、にぎやか。

教会報で「金祝によせて」何か書いてくださいと言われたので、ひろが入院している時、お見舞に来てくれた人たちに聞いてもらった（博から聞いた話を書き止めてあったノートの中の）『澤神との出会い』を書くことにした。

澤田神父との出会い

久慈　博一

もう二十年以上も前の話になりますが……。

当時、南千住駅の近くに、増田さんがやっている「ベア」という喫茶店があって、私はよくそこに出入りしていた。

ある日奥さんが「立派な神父様を紹介するから、神父様と会ってお話ししてごらんなさい」と言ったわけだ。そしたらあの喫茶店の前を、本当に偶然というのか――ガラスだから見えるでしょ――澤田神父さんが通ったわけだ。

そうしたらベアの奥さんが、「神父様、神父様」と呼んで、神父さんが入って来たわけだ。それで私のそばに座った。そしたら奥さんが「この方が聖書を勉強したいそうです」と言う。おれはびっくりしたよ。そんな気があるわけない。そしたら澤田神父さんが、「私は聖書を教えることはできません。聖書を教える神父をご紹介します」と言った。私は黙っていた。

見たところがとにかくオンボロ着てるんだ。オンボロ、何というのか、まあ、山谷の奴でも着てない穴あいてる洋服着てる。ちょっと下見たら靴下も穴あいてる。おれ、やんなっちゃったよ。何がこれが立派な神父だと思った。J神父でも何でも、それまできちんとローマンカラーか何か着ているのとばかり会った。これはどうしようもなくて、教会をおん出されて、神父として役に立たなくて山谷に来たんだと思った。

おれは可哀そうになって友達になって慰めてやろうと思ったわけだ。それで「まあ、聖書のことはいいですが、神父さんのお宅をお訪ねしてよろしいですか」と言ったわけだ。

それで一緒について行って、その頃でもおれ、ちょっとは覚えていたから、

「山上の垂訓の『貧しい人は幸いである』というのは、どういう意味ですか」と聞いた。そしたら神父さん、五分くらい考えているわけだ。——おれは時計持ってた——五分くらいたったんだ。そしたら「久慈さん申し訳ないが、私わかりません」とこう言ったわけだ。「泣く人は幸い」とはどういうことですかと聞いたら、また五分くらい考えているんだ。そして「久慈さん申し訳ないが、私わかりません」と言う。わからなきゃ五分考えないで、わからないって初めから言えばいいじゃないか。これだもの、どうしようもない。

三回目も何だかを聞いたわけだよ。その時また五分くらいたって、わかりませんと言った。それでおれはひらめいたんだよ。西田幾多郎のこと。京大出た先輩が、西田幾多郎先生の話をしたこと（西田先生は、ある夜、警察官に職務質問され、「京大の西田だ」と答えたところ、大学の方に「そちらの用務員に西田という男がいるか」と警察から問い合わせがあったというエピソード）を思い出した。これは素晴しい神父ではないのかなと思った。とにかく五つ聞いたんだよ。全部五分考えてから、わかりませんと言う。

そして神父様に「ここに毎日来ていいですか」と尋ねたわけだよ。そしたら、朝は六時だという。一週間のうち、四回詩篇を読むんだよ。

第一回目の朝に六時二十分くらい前に行ったわけだ。四月頃か五月頃か、起きて窓を開けて、布団をあげていたわけだ。

そしたらピノ（福音の兄弟会という修道会の兄弟）が来た。小さい姉妹（イエスの小さい姉妹会という修道会のシスター）が五人だか来た。しかもあまりいい恰好していない。つぎをしたのかなんか着ている。よっぽど貧乏しているんだなと思った。

六時から何が始まるのかと思ったら、今にして思えばミサなんだ。「久慈さん、一緒に読みましょう。今ここ読んでます」と言って、神父様がとなりで一緒に読む。聖変化（ミサの中の最も大切なところ）になれば、みんなピーッと頭を下げたりする。これ、何やってんだろうと思ったが、お祈りだ、ということはわかるわけだ。

祈りが終わって、姉妹たちが食べる何か持ってきてあった。神父さんがピノを紹介した。

「この方はイタリーから来たピノさんです」

ピノが「今、革屋（鞣革《なめしがわ》の工場）に勤めて仕事をしているんだ」と言う。手が真っ黒なんだよ。それで、ははあ、イタリーが貧乏で日本に出稼ぎに来たんだと思った。

そうすると、姉妹たちに「何の仕事をしてるの」と聞いたら、食堂の茶碗洗いしてるとか、病院の掃除婦してるとか言う。この集まりは、そんなことよりできない人間が集まっているんだなあと思った。それが一日目だった。

それから毎朝行った。みんな絶対おれを外に出さなかった。澤田神父とフコー（福音の兄弟会、小さい姉妹会などの前身となったフランス人のシャルル・ド・フコー）の兄弟、姉妹たちしか知らなかった。毎日、ご聖体顕示を一時間以上やっていた。

朝はミサだけ。夕方は六時から聖福音書（おれはヨハネから入ったが）と詩篇だけを読んでいた。

その頃は、聖書のみことばを読むと、神父さんが「今日のみことば、いただきたいところはどこですか」と言う。わかるわけないでしょ。「久慈さん、これは宝くじみたいなものだから、好きなところ、何でもいいから言いなさい」と言う。それだから仕方なく、何か言う。そうするとみんな、ふーんと頷いて聞いている。ただ言うだけだ。「ここが良かった」って。こっちはやけくそだよ。これはどういう意味ですかと聞けば「わかりません」と言う。

それで、おれは帰りは「いせや」（簡易旅館）で、ピノは北千住。帰りしなにピノに、聖書の意味を教えてくれる神父のところを紹介してくれと言った。そしたら「聖書センターに行ったらいい。私連絡しておくから」と言う。

そしてA神父に最初に会った。そこに四、五人神父がいた。ところがものすごく神学的に説明する。一般の信者に話す以上に神学的に話をする。それで俺が神父様のところに帰ってくる。またその日読むところをAに聞いてくる。それでおれが、これはこういう深い意味があるということを言う。そうするとヴェロニカ恵子（姉妹の一人）が「ねえ、神父様、私たちが知らなかったこと、よく勉強しましたね」と言う。おれ、嬉しくってね。

一日四、五時間聖書センターに行って、Aがいないと必ず他の神父がいて、みんな聞けるわけだ。上智の哲学の先生だから。おれが言ったわけだ。

「あのばかたち、何も知らなくてしょうがないから、おれが教えてるんだ」

そしたら五か月くらい経ったら、A神父が

「久慈さん、勘弁してくれ。あのS神父という方は、私たちが及びもつかない程の大学者なんだ、ピノも神学校も卒業していて、いつでも神父になれるんだ。姉妹たちもあんたの言っていることぐらい、みんな知っているんだ」

と言う。

「ええ!! うそでしょ、神父さん」

それでおれ、手伝いに来ているメルセス（修道会名）のシスターに聞いた。それ、本当かいって。他の神父も、そうだと言う。おれ、恥ずかしくなってきた。そんな大学者の前で、これぐらいのことわからないのかと叱りながら教えてきて、たいがい恥ずかしくなってきた。おれは一週間、何も言わず、黙っていた。

そしたら一週間目に神父さんが「みことばの解釈は、どんな大学者の言うことでも、神さまから見れば、全くちんぷんかんぷんなことを言っているのかもしれない」と言った。

私はそれを聞いて、何も言えなくなった。

「ひろ、神父様もにこにこしてらしたね」

——神父様に言ってよ。「山谷のあの日々、一番楽しかったです。おかげでイエズスさまが大好きになりました。本当にありがとうございました」って。

＊＊＊

ひろのことを書いていると安心する。ひろのことばかり思っているから。ひろのことばかり思い出すから。

——書かなくても、そばにいるよ——

「ひろは何回も、澄ちゃんのことばかり思っていたと言ってくれたね。時計を見ながら、今何してるとか、あと何時間で帰って来るとか、考えてると言ってくれたね。ひろ。ひろ」

——ありがとう。思い出してくれて——

＊＊＊

夜、ひろのノートを読んだ。中学の時、作文で、「こじきになりたい」と書いて、先生に大いに怒られたという話では笑ってしまった。

それから、山谷にいたシスターが、久慈さんてどんな人って、誰かに聞かれた時、「バカかりこうかわからない人よ」って答えたという話。

「ひろ、やっぱりひろはひろだね。澄ちゃんの大事なひろ」

＊＊＊

朝から咳がけっこう出る。咳が出ないで歌いたい。

「ひろ、助けてよ」

――ひろのところへ来たいと思っているうちはダメだよ――

(今、私は咳は出ない)

＊＊＊

〇〇病院が移転して新しくなる。

ひろがいた大船の家も、最後にいた病院もみんな古くなって壊される。でもひろのいるところはイエズス様のいらっしゃるところ。

「でも悲しいよ。ひろ、何なのこの壁（この壁があってひろのところに行けない）」

＊＊＊

明日はひろの三か月の命日。

「ほらお花買って来た」

今日〇〇病院のところを通った。ひろがいた部屋は……道路側の窓、二階の窓、あそこにひろがいた。ひろ、ひろ、ひろ。ひろ一度も外見なかったね。

「ひろ、今日三か月の命日だね」

――うれしいよ。思っていてくれて――

ここは明るくて、あったかい……みんないるよ――

ひろがよく肩のところに抱いてくれた。やさしかったひろ。

――今、ここにいるよ――


『ぶどう園』のテーブルの上にポツンとあった、最後に葉が一枚だけ残っていたポインセチア。家に持って帰る。

「ひろ、帰ってきたよ」

＊　＊　＊

朝起きたら、赤いままで最後まで咲いていたひろのポインセチアの葉が落ちていた。

「ひろ、ひろ、ありがとう。イエズスさまのところへ行くの」

今日は「第九」のリハーサル。

国技館の広い会場。このどこかにひろがいるような気がして私は探した。

ひろはきっと見に来てくれている。

青森にいた時、ある日こっそり、コーラスの練習場に来て、私が歌うのを陰で見てくれていたひろ。あとで、私が楽しんで幸せそうでいるのを見て、嬉しかったと言ってくれた。慣れない青森に移り住んでの私のことを心配してくれていたのだろう。だからきっとひろはいつも「第九」の練習の日は、「澄ちゃん、行ってよ」と言ってくれたんだ。

ありがとうひろ。見ててね。澄ちゃん、ひろのために歌うから、ひろのためにだけ歌うから、聴いていてね、イエズスさまのところから。

ポインセチアはもういない。最後の赤い一枚を詩篇43篇のところにはさんだ。

＊＊

二〇〇二年二月二十四日。

五〇〇〇人の「第九」。国技館いっぱいの人。感動に胸が高なる。オーケストラは、新日本フィル。指揮はW杯を控え日韓交流で招かれた韓国の張允聖《チャンマンスン》氏。

O. Freunde, nicht diese Töne!
友人《ともびと》よ　調べかえて
いざ声　朗らかにあげん
歓喜《よろこび》の歌
楽し　楽しや　歓喜よ
神の火　天津乙女よ
迎えよ　我らを　光の殿へ
……
酒あり　愛あり　真の友あり

虫さえ喜び　天使は空に
神のみ前の立てば　見よ　見よ
……
抱かん諸人《もろびと》　心合わせて
見よ　星の座に　父なる主います
地に伏しあがめずや　主を仰がずや
星散る彼方
父なる主います
（堀内敬三訳・抜粋）

「ひろ、天国の天使たちもみんな歌っているでしょう」

――ウン――

「ひろはどうするの（私はひろが歌うと、よく小さい姉妹たちがひろの音痴が可愛かったのでくすくすと笑ったのを思い出した）。歌ったら笑われるでしょ」

――歌うよ、天国の人は、みんな温かいんだ。姉妹たちみたいに――

「ひろ、いつもずっと一緒にいてくれるね」

――いつもいるよ――

「ありがとうひろ。ひろと澄ちゃんの愛の奇跡だね。天使になって、いつもそばにいてくれるなんて、ね」

ひろ天使との会話　二

十一月のあの日から、もう七か月が過ぎた。

天使のひろはいてくれるけど、忘れたくても消えない悲しみ。時々は、朗らかに笑いたくなる時も、嬉しい時もあるけれど、波のようにひいてはまた寄せてくる悲しみ。

その時、翼で包みこむようにやさしいひろの声が聞こえてくる。

＊＊＊

片づけをしようと思ったら、テーブルの下に置いてあった電話を見つけた。

ひろが使っていた電話。ひろが私から掛かってくるのを待っていた電話。

「澄ちゃんからの電話が一番嬉しい。澄ちゃんからの電話しかないもの。それだけが楽しみだ」

一度にいろんなことが思い出されて涙が止まらない。どんなに私からの電話を待っていてくれたのだろう。私は気が狂いそうになる。怒って、私は電話線をひき抜いてしまったこともあった。

ひろ、何度謝っても、もういない。

ひろ。ひろ幸せだったの。幸せだったよね。澄ちゃんとひろ、幸せだったよね。

「澄ちゃんからの電話だけが楽しみだ」

くり返しひろの声が聞こえる。

大事なひろ、ごめんね。行きたいよ。もう一度話したい。もう一度優しく、いちばん優しくひろに電話したい。ひろー、会いたいよ。

＊＊＊

ひろと住みたかった白い壁のきれいな、明るい部屋。ひろに住まわせてあげたかった。

「澄ちゃんだけ、こんな白くて明るいところにいるなんて、ごめんね」

――澄ちゃんが幸せそうなのがいちばん嬉しい――

私はけっして贅沢しない。布団もテーブルもひろが使っていた時のまま、ずっとずっと。

＊＊＊

――いつもひろ、ここにいるよ。お澄を守っているよ。

あの時、歌ってくれて嬉しかった。また歌ってよ。歌ってよ、キリエ――

「歌う天使になれるかな」

——なれるよ。お澄、声がきれいだから。お祈りしながら、いつもきれいに歌ってよ——

「ひろ、幸せ?」

——幸せだよ。お澄といて幸せだったよ。ありがとう。ありがとう——

＊　＊　＊

今日のミサのみことば。

神は霊である。だから、神を礼拝する者は、霊と真理をもって礼拝しなければならない。

(ヨハネ4・24)

「不思議なみことば。霊って何なの。ひろは霊なの。霊になって祈ると悲しみが忘れられるの。ひろ、澄ちゃん、なれるかな」

――なれるわけないでしょ――

「そんな、簡単に言わないでよ。なりたい」

――人はできない。神にはできないことはない――

「近づきたい」

――気楽にやってよ――

＊＊＊

十字架のイエズス。

イエズス様はつばをはきかけられ、鞭うたれ、罵倒され……。

ひろが言っていた。「幸いなるかな、最もばかにされる人」というのがわかったような気がした。

「ひろはそうだったんだよね」

行く前に「イエズス」と言ってくれたひろの顔を思い出す。最高の贈り物、ありがとう。

マリア様の深い悲しみ。イエズス様が亡くなられた。でも、主はどこかに生きておられる。主は復活された。

どこかではいや！　私は見たい、抱きしめたい。

霊で祈ること。いつかきっと叶えてくれる。

＊＊＊

神父様が別の教会へ行くことになった。

「子供たち、みんな泣いてる、ひろ」

――しゃあない。神父さんは神さまが行けっていうところへ行くんだから――

「ひろ、守ってね、神父さま」

――くっついてるよ――

＊　＊　＊

「ひろ、どうして行っちゃったの」

――いつも澄ちゃんのそばにいるためだよ――

＊　＊　＊

――澄ちゃん。もっと楽しそうにしてよ。楽しいって言ってよ、言って――

聖歌隊の帰り道、キリエを歌った。ひろを思い出した。私が一区切歌うとウンと言った。また歌うとウンと言った。ひろは聴いていた。嬉しい時、ウンと言った。

真君が詩篇を読んでくれていた時、ひろはウンと言ったって、わかる。私にはわかる、どんなだったか。聴いていたんだ。ひろは嬉しかったんだ。

＊＊＊

――澄ちゃん、祈って、祈って、静かに深く。こっちへおいでよ。神さまの愛の中に、広い愛の中に入ってきてよ――

＊＊＊

「ひろ、どうしたら悲しみから抜け出せるの、本当に。ふり返らない。大船は思い出さない。今はもう、ひろはあそこにはいない。ここだから。でもひろ、よく見えない。ひろがよく見えないの」

――無理だよ、できるわけないよ。自分でやろうとしたって。イエズス様にならせていただくんだよ――

＊＊＊

明るい空、明るい町、明るい道。
ひろと一緒の。

＊＊＊

夜、お聖堂で祈りながら、ひろに自分を置き換えてみた。

歩けない車椅子の私。夫の家の中で動くことも家事もできない私。夫も仕事が大変。朝、おにぎり二つだけ置いて、勤めに出ていく。私は一日夫からの電話と、夫の帰りを待ち続ける。でも夫は仕事やお金や家族のことで頭がいっぱい。私はどこに出ることもできず、一週間に一度教会に行くのを楽しみにしている。夫からの電話と、日曜日車椅子で浅草の教会へ行くことだけを楽しみにしている。一日、日の当たらない部屋で。目も悪くなってきて聖書も読めず、ただ祈り続ける毎日。……

ひろ、……ごめんなさい。

「どうして、私なんかのところに来てくれたの。ひろ」

――わかってるでしょ、愛していたからだよ。ひろにできなかった分、他の人に優しくしてよ――

「ありがとう。ひろ、本当に天使だね」

＊＊＊

今日のミサの福音書。

イエズスさまのお祈り。

たぐいなく美しく、すき通ったお祈り。

なんて嬉しいこと。私たちのための。


父よ、わたしに与えてくださった人々を、わたしのいる所に、共におらせてください。

わたしは御名を彼らに知らせました。また、これからも知らせます。わたしに対するあなたの愛が彼らの内にあり、わたしも彼らの内にいるようになるためです。

（ヨハネ17・24－26）

「ひろはイエズス様と一緒。すごい、ひろ。イエズス様が愛されているのと同じ愛で、神さまから愛されているんだ。神さまの愛に包まれているんだ」

――澄ちゃんもおいでよ、ここへ。神さまの愛の中へ――

「連れてって、ひろ」

＊　＊　＊

ひろがすっかり私と一緒にいてくれるから、今日は嬉しかった。しっかりと、いつもいつも、ずっと、ずうっと。

＊＊＊

夜、お聖堂で祈る。

あの日、ひろが横になっていたところ。ひろのお顔のあったところ。祭壇の前、私は立ち上がり、ひろのお顔に触れようとする。

——ここだよ、澄ちゃん。そこじゃないよ。ここだよ。悲しいなら忘れなくちゃだめだよ。ひろはここだよ。イエズスさまのところ。こっち、ご聖体のイエズスさまのところ。イエズスさまがいるところ、どこでもひろはいるよ。ご聖体の、人の、木の、草の、花の、青空の、どこでもイエズスさまのいらっしゃるところに——

＊＊＊

「天使たちはどこへ行くの」

――悲しんでいる人、苦しんでいる人、泣いている人……まっ先に行くのは死んでしまいたいと思っている人のところ――

「ひろが私のところに来てくれたみたいに？」

――うん。

天使たちが行くのはイエズスさまがいらっしゃるところだよ――

「今朝も人身事故で電車が遅れたの。どんな辛いことがあったのかと思うと胸が痛むの。……三万人ですって、ひろ。一年間の間に三万人も自殺する人がいるの」

――人は何もできない。イエズス様なんとかしてくださいって、お祈りするより他ないでしょ――

「でも、どうしようもない時、神も仏もないって思うでしょ」

――普通そう思うでしょ。ところが、そこが神さまの偉大な愛のパラドックスだよ。そこにこそ、神さまがいるんだよ――

「……」

――澄ちゃん背中摩ってくれたでしょ。僕が痛い時。十字架のイエズス様と一緒だって言いながら――

「それしかできなかったから」

――嬉しかったよ――

＊＊＊

今日は父のところへ行ってあげようか。花でも持って。一人で何か寂しそうだと思って行こうとしたら、電話の父は、「散らかっているから」と言った。……

＊＊＊

悲しみは夕日のように
遠い日に
君と歩いた渚に薄れゆく

＊＊＊

朝、ミサに向かう蔵前橋通りのプラタナスの歩道。

その朝、私は空ろな思いで、さまよう者のように足をひきずりながら歩いていた。それは子供の頃から深く心に刻み込まれてきた、否定することのできない、行き場のない思いだった。自分だけは絶対にそうではないと、消してしまいたくなるような、触れられれば自分自身が壊れてしまいそうな思いだった。

私はいつものけ者なんだ。いない方がいいんだ。私なんか誰からも大切にされていないんだ。

私は、四人兄弟の中の女一人で育った。誰が悪いというのでもなく、私もそうとう神経質な子供であったようなので、しかし私が話すと「女の子一人？　じゃあ、可愛がられたでしょう」と返ってくる言葉とはうらはらに、私は、人は生まれて来ないのが一番幸せ、という思いを中学に入る頃には抱くようになっていた。

ひろが病院に行く少し前にあの言葉を私に吐きつけたのは、自分の具合の悪さがもう普通ではないことを感じ、わかっていたからにちがいない。子供が親に訴えるように、自分に目を向けてほしいという、私に対して助けを求めるあらんかぎりの叫びだったのだろう。

「おまえなんか誰にも愛されていないんだ」

ひろは、物ごころつくかつかないかのうちに両親から離され、ババァ（祖母）に預けられた。ババァはただただひろを可愛がってくれたようだ。ひろにとってはどんな時も自分を守っていてくれる守り神だった。両親に会いたくて悲しくてたまらない時、ひろは泣きながら叫んだのだ。

「おまえなんか早く死んじゃえ！　お前が生きてるから柏（両親のいるところ）へ帰れないんだ」

するとババァは「ああ、博ちゃんごめんな。ババァ早く死ぬからな。死ねば柏へ帰れるからな。ババァが悪い、悪い」となだめたようだ。愚かな私にはひろの言葉の意味がわかるべくもない。

ひろの叫びと小さい頃からの思いが一緒になって、私なんか誰にも愛されていない、誰にも愛されていないいんだ。私なんか私なんか、博にも何もしてあげないで、博だって私なんか見捨てちゃったんだ。様々な言葉が頭の中を渦巻き、私は涙があふれるに任せて足をひきずって、歩くしかなかった。

ああ、あれは。

その時、ずっと向こうに車椅子が見えた。来る、こっちに向かって来る！　私は目を疑った。その人は一生懸命に、一生懸命に車椅子を両手でこいで、私の方に向かって来る。こんなに朝早く、介護者もなく一人で私の方に、あんなに一生懸命に。

「ひろだ、ひろだ。ひろが来てくれた」

――お澄、泣くな。

泣かないでよ。ひろは幸せだったよ。ありがとう。ありがとう。

ひろは絶対見捨てないよ。一番大事なのは澄ちゃんだよ――

「ひろ、ひろ、ひろ……」

私は涙でぐしゃぐしゃになって足早にひろの方に歩いた。

涙の中を水色の自転車が横切る。見えない。ひろの車椅子が左の方に寄って行く。

「ひろ、そっちはビルよ」

自転車が通り過ぎる。――いなくなった時、車椅子もいなくなった。

どこ、ひろ。私は走って見に行く。角を曲がって見る。こっちの角、あっちの角。——いない。
やっぱりひろだ。ひろが来てくれたんだ。

風が立ち尽くしている私の耳元を通り過ぎる。

いいえ、ああ、あれは、あれは主だ。
ひろはイエズスさまと一緒なんだ。
そうだ、復活した主だよ。

主だ！

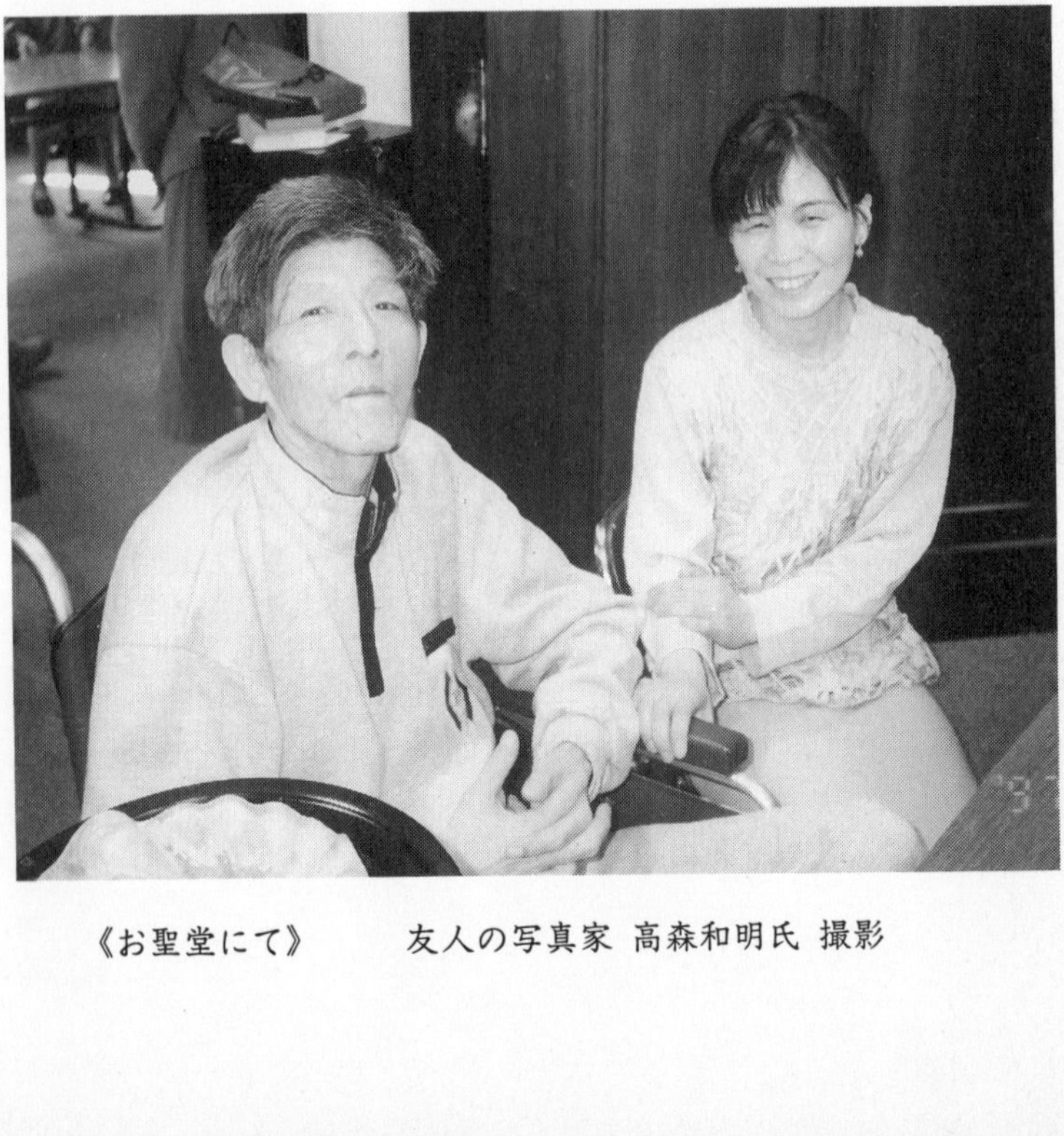

《お聖堂にて》　友人の写真家 高森和明氏 撮影

今、私の家には猫が三匹になった。ノエルとジョジョのところにアモが来た。アモも捨てられていた。八月の炎天下、水もなさそうな駐車場の、たぶんアモが食べ物をあさったのだろう、ふたが取れたゴミ箱の横で鳴いていた。

三度目に目が合った時、連れていかなければならないと思った。アモは愛されるようにアモール（愛）からつけた。

「ひろ、誰かアモをもらってくれる人いないかな。可愛がってくれる人」

――お祈りしよう――

「ひろ、私ね、お祈りするの。悲しい、辛い目に遭っている子供たちのために。それから可哀そうな動物たちのためにも。殺されたり、虐待されたり、人間に自分たちの都合で捨てられる動物たち……」

――そりゃ、いいことだね――

「私ね、今とっても嬉しいの。ひろがいてくれるでしょ。神さまがふんわりと温かい愛で包んでいてくださるでしょ」

――澄ちゃんが嬉しそうだとひろも嬉しい――

「今日、聖歌隊の練習の後で、お花飾るの、お聖堂に。

明日、マリア様の被昇天のお祝いでしょ。マリア様が天にあげられて、また本当にイエズス様とお会いできた日でしょ。澄ちゃんもいつか、またひろとお顔を見て会えるよね。それまで守ってね」

——また会えるよ。ひろ、マリア様と迎えに行くよ——

ひろが好きなのは、祈っている私。笑っている私。人に優しくしている私。澄んだ心の私。花を愛する私。祈りながら歌っている私……。

「ひろ、時間よ、一緒にごミサに行こうね」

——楽しい、楽しい。ひろ、澄ちゃんと一緒に教会行くのが一番楽しい——

わたしは、新しい天と新しい地を見た。

神は自ら人と共にいて、彼らの目の涙をことごとくぬぐい取ってくださる。もはや死はなく、もはや悲しみも嘆きも労苦もない。

最初のものは過ぎ去ったからである。


（ヨハネの黙示録21・1－4）

著者プロフィール

久慈 澄江（くじ　すみえ）

神奈川県鎌倉市生まれ。
カトリック信者。
日本語教師として、日本語学校に勤務している。

天使の復活

2003年3月15日　初版第1刷発行

著　者　久慈 澄江
発行者　瓜谷 綱延
発行所　株式会社文芸社
〒160-0022 東京都新宿区新宿1－10－1
電話 03-5369-3060（編集）
03-5369-2299（販売）
振替 00190-8-728265

印刷所　株式会社平河工業社

ISBN4-8355-5354-3 C0095